L'AMPHITHEATRE DV GRAND COLLEGE DE REIMS.

SOLYMAN 2.

Quatorziesme Empereur des Turcs.

A Madame de S. Pierre de Reims.

Par George Thilloys Bachelier en Theologie,
& Rhetoricien audit College.

A REIMS,

Chez Simon de Foigny Imprimeur du Roy,
à l'enseigne du Lion.

M. DC. XVII. *(1)*

A TRES-ILLVSTRE
ET TRES-RELIGIEVSE
Princesse Madame Renee de
Lorraine Abbesse de
Sainct Pierre de
Reims.

MADAME,

Ce grand Philosophe Themistius
rapporte, que toutesquantesfois qu'il
s'estoit approché de la Majesté de son
Empereur Constance, il se sentoit es-
pris d'vne ardeur beaucoup plus violente qu'il n'a-
uoit de coustume: Ce que tout au contraire j'experi-
mente en moy: car voulant ce jourdhuy paroistre deuant vous, l'esclat de vos belles perfections offusque
rellement & ma veuë & mes sens, qu'à peine me
reste-il quelque ressentiment naturel. D'vn costé je
voy la grandeur de vostre tres-illustre sang : de l'autre, le peu de merite qui se trouue en noy, pour me
presenter à vos grandeurs. Toutesfois jettãt les yeux
plustost sur l'admirable bienvueillance, dont vous
soulez receuoir les gens lettrez, que sur les rayons de

taint par es vertus qui r n ent en vous, j'ay
tasché de r'asseurer mes esprits, qui s'estoient es arez
au premier objett de vostre Altesse: Considerant
encor que vous esi le support, ains plustost la mere
de ceste florissante Academie, dont vos Ayeux entre
tant de haults faicts ont obligé la posterité, je me suis
resolu comme membre d'icelle de vous offrir ce qui
vous estes legitimement deu. Et ce qui m'a donné
plus de poids, est l'asseurance que j'avois que vous ne
refuseriez ce mien petit travail, tesmoin de la bonne
affection que j'ay tousiours faict veoir en moy envers vostre tres-illustre & tres-auguste Maison, comme n'ayant voulu degenerer de tant de mes ayeux,
particulierement d'Emond du Bouillay mon Pere
grand, jadis Historiographe de ce genereux Prince
Antoine Duc de Lorraine, & depuis par ses braves
successeurs premier Ambassadeur en France & he-
rault d'armes soubs François premier, en titre de
Clermont, Lorraine & de Valois. Ie sçay bien que la
chose est de petite consequence, mais si vous daignez
jetter les yeux sur icelle, & l'honorer de quelque affection, cela seul la rendra de soy par tout recommen-
dable. Ie vous en supplie,

MADAME, qui suis

Vostre tres-humble & tres-affectionné
serviteur G. THILLOYS.

A ELLE-MESME, SONNET.

PRINCESSE, beau crystal, où la vertu se mire,
Et voit ses plus beaux traits au vif representez,
De qui le naturel en rares qualitez,
Va commandant sur tous d'vn eternel empire.

PRINCESSE, amour du ciel, que tout le mon-
de admire,
Qui brillez icy bas de diuines clartez
Plus que l'astre du jour, dessus nos volontez,
Qui peut soubs vostre nom, ce mien dessein de-
struire?

PRINCESSE, des lettrez l'agreable support,
Princesse, qui menez leurs conseils à bon port,
Les animant tousiours des rais de vostre gloire:
Gouuernez mon vaisseau, redoublez moy le cœur,
Que si de ce hazard je retourne vainqueur,
A vous seule j'en dois rapporter la victoire.

G. T.

ACTEVRS.

SOLYMAN. — Empereur.

Le Muphty — ou — Souuerain Pontife.

Ruſtan — Gendre de l'Empereur.

Le grand Aga — General des Ienniſſaires.

Boderic
Saladin — Baſſas ou Princes du grand Seigneur.

Protegero — Meſtre de Camp.

Bagadet
Aly
Baſſara — Cadiſlechers ou Grands Viſirs & Sènateurs.

Tinelly
Teſtorin
Creſtor — Azapes ou Archers du Seigneurs.

ROXELANNE — Emperiere.

Alinde — grande Dame.

Hebraïn — Zamoglan ou Gentilhõ. d'hõ.

Aumar
Chetib. — Solachiis ou gardes de l'Empereur.

ACTEVRS.

MVSTAPHA — *Fils aisné de l'Empereur.*
Achmet — *Grand Vizir.*
Melidor — *Fils de Mustapha.*

Bajazet
Selin
Zeangir
} *Filz de l'Empereur.*

Achomat

Camerie — *Reine d'Amasie.*
Cleante — *Grande Dame.*

TACHMAS — *Roy de Perse.*

Ismael — *Ambassadeur de Medie.*
Romegas
Thorades
Talisman
Caphet
Osman

ARGVMENT DE LA
TRAGEDIE.

Olymman second, quatorziesme Empereur des Turcs & successeur
de Selim premier, ayant eu pour fils aisné Mustapha Prince fort
accomply, espousa par apres publiquement contre les loix de Mahomet, une Dame nommee Roxelane, la, quelle ne pouvant supporter l'estat des perfections dudit Mustapha, mesme estant pre-
ferable à ses autres enfans pour la succession de l'Empire tascha par toute sorte d'artifices de le disgracier de l'Empereur, ce que n'ayant peu
faire secondé de Rustan son gendre (envieux aussi du bonheur de
son beau-frere) se serviit de poison pour luy oster la vie, mais en vain.
Toutessois ne desesperant en rien d'effectuer son mauvais dessein,
suscité des guerres en Perse souls le nom de Mustapha, ce que mesme
ayant confirmé par des faulses lettres qu'elle supposa & addressa à
l'Empereur touchant ce mesme dessein fist tant par ses ruses et inven-
tions que Solyman leva vne armee souls la conduite de Rustan, laquelle fut desfaite par les Persans Luy mesme s'y achemina en personne,
& s'en rend victorieux. Ce que ayant fort irrité contre son fils suppo-
sant que ceste guerre estoit allumee à sa sollicitation, le faict prandre
& aussi tost estrangler luy mesme encourageant les boureaux à ce pitoyable massacre Non content de ce, persuadé par l'Emperiere, faict
mourir son petit fils. Ce que causa la mort à sa mere. Or Solyman &
Roxelanne pensant voir le bout de leur pretension, & desia Zeangir
estant à la couronne c'est alors qu'ils s'en trouvent plus esloignez. Car
ce jeune Prince ayant entendu l'assasin de son frere Mustapha apres
auoir vomy beaucoup d'execrations contre la cruauté de son pere se
tue soymesme sur le corps de son frere Pour Roxelanne & Solyman
ayant receu le rapport dudit esclandre, detestás leur execrable felonnie, tesmoignerent par vn continuel regret l'innocence de ceux qu'ils
auoient massacré. Voila Lecteur, le subject que j'ay entrepris traitter
en ceste Tragedie: que si peut estre tu trouves quelque chose d'aug-
menté ou diminué en l'histoire, tu donneras le tout, s'il te plaist, à la
liberté de Poesie : laquelle quoy que mal elaborée, j'ay mieux aimé
te presenter, que demeurir le blasme & l'infamie de l'auoir emprunté
d'autruy, Tu trouveras l'histoire amplement traictée dans Calchon-
dile Athenien, traduict par B. de Vigenere Bourbonois, liu. 4. c. 17.

TRAGE

TRAGEDIE:

SOLYMAN 2.

Quatorziesme Empereur des Turcs.

ACTE PREMIER.

SCENE PREMIERE.

Solyman, le Grand Aga, Rustan, Boderie, Saladin.

SOLYMAN.

'E s t moy qui du grand Caire esleue la
 puissance,
Et qui Prince d'Asie abbaisse la vaillance
Des Roys plus indomptés ; jadis les seuls
 Persans
Ont osé de mes loix, en terre & mer puissans,
Enfreindre la rigueur, & à tous faisans teste
Arrester en vn point le cours de ma conqueste:
Mais sages faicts trop tard, ils sentent de mon bras
Le foudre impetueux aux plus rudes combas:
Ils ployent souz ma force, & ma seule parole
Les faict comme fuyards de l'vn à l'autre pole

A

Tragedie.

Annoncer mes grãdeurs, voulans d'vn cõmun sort
Estre pour moy vainqueurs, ou encourir la mort.
La prise de Bellegrade, Albegrecque, & Seruie
Se vante que par moy maintenant asseruie,
Elle adore des Dieux le grand Dieu Mahomet,
Vn Solyman sur tout, d'vn Solyman l'Achmet.
Mais c'est trop peu:ie sçay q'vn Thebain porte-masse
Fit trembler de Phebus la pallissante face
Soubs l'effort de ses bras,captif luy faisant voir
Ce qu'est de plus affreux dans le sombre manoir:
Ie sçay q'vn Nomien dont l'Ædonide trouppe
Du grondant Cytheron fait retentir la croupe
A loing de là le Gange & l'Araxe escumeux
Espandu son renom jusqu'au peuple Gemmeux:
Et moy par tant de fois soubs le fardeau des armes,
Parmy tant de combats & parmy tant d'alarmes,
I'ay fait sçauoir qu'Alcide or qu'issu des grãds dieux,
N'estoit tant comme moy vaillant & furieux.
Alcide a surmonté les monstres de la terre,
Moy ie domte les Roys:Alcide fit la guerre
Aux infernaux palus;moy ie voudrois marcher
Contre le Ciel ardent,s'il pouuoit s'approcher:
Et si Iuppin n'estoit armé que de son foudre,
Il sentiroit bien tost son throsne mis en poudre,
Et ses palais ornez de tant d'astres brillans
D'vn autre Dieu remplis & de flambeaux luisans,
Qui plus clairs qu'vn soleil rayonnans sur la terre,
Ne sont moins redoutez qu'vne Bellône en guerre.

C'est vous braues soldats chers nourriſſons de Mars,
C'eſt vous qui triomphez parmy tant de hazards,
Et qui faites hardis qu'au rais de ma couronne
Et au bruit de mon nom tout le monde ſ'eſtonne:
Et qui ſeroit celuy d'entre tous les mortels
Qui ne ſacrifiaſt au pied de mes autels?
Voyant que tant de Mars, tant de braues courages
Font à mon ſeul vouloir de leur vertus hommages?

G. Aga. Sire naguere encor par noz glaiues ſanglās
L'hongrie a veu gemir tant de Princes mourants,
Qui penſans trop creduls vous rauir la victoire
Sont allez chez Pluton raconter voſtre gloire.
Le Tranſyluain auſſi temeraire penſoit
Par force ſ'affranchir du tribut qu'il vous doit
Mais penſans conſeruer l'honneur à ſa patrie,
Il a perdu ſa terre & l'honneur & la vie.
Le Numide ſoudain, le Perſe, & le Medoys
Le Lydien, le Scythe, & l'Arabe, & l'Indoys
L'Armenien, le Maure, & le felon Tartare
L'Egyptien, le Parthe en cruauté barbare,
Cognoiſſans que c'eſtoit de ſ'armer contre nous,
Prudens ont redoutez ſe diſtraire de vous.

Soly. En fin toute la terre vn Solyman honore
Bon gré malgré: le Ciel vn Iuppiter adore,
Le Cocyte vn Pluton: moy je peu l'vniuers
D'vn ſeul commandement renuerſer à l'enuers:
Tout depend de mon nom, tout de ma voix procede,
C'eſt moy ſeul icy bas, c'eſt moy qui tout poſſede

A ij

Monarque vniuersel; soit ou le blond soleil
Se resueille au matin, ou soit à son sommeil;
Il ne voit vn seul homme en ce globe terrestre
Qui ne flechit souz moy; que si Thetis peut estre
Cache encor dans son sein quelque peuple estranger,
Qui de bon gré ne veuille à mes loys se ranger,
Ie jure Mahomet, mon vnique Prophete,
Mon soustien, mon appuis, je jure par ma teste,
Que si je le peu joindre, il sentira qu'vn Roy,
Qu'vn Roy comme je suis ne veut autre que soy:
Qu'il ne veut point d'esgal qui gouuerne les hommes,
Qu'il veut seul cõmãder en la terre où nous sommes.

Rust. Qui seroit-ce le Mars qui osast se bander,
Qui osast contre vous sa vaillance opposer?
Ce seroit proprement faire aux astres la guerre,
S'armer contre le Ciel d'où ses foudres desserre
Le grand Saturnien.

Soly. Et pauure tu pensois,
Tu pensois esgaler la grandeur que j'auois,
Malheureux Rhodiot: enflé d'vn peu de gloire
De tes faicts geneveux, sacrez à la memoire
De tes arrier-neueux, qui viendront lamenter
Ton desastre plustot que ton renom vanter.
Tu deuois ja long temps cognoissant mon courage,
Auoir au dam d'autruy fait ton apprentissage:
Tu deuois ja long temps voir que je fais sentir
A celuy qui m'offence vn soudain repentir,
Tu t'eusses veu, chetif, au milieu de tes placés

L'estincelant esclat des luisantes cuirasses
Foudroyer tes palais, tu n'eusses veu les corps
De tant de citoyens dedans les armes morts:
Mais puis que t'as voulu esprouuer ma puissance,
Porte aussi le guerdon de ton outrecuidance.

Rust. Il faut, mon Prince, il faut d'vn desastreux
  meschef,
Accabler tristement le miserable chef
Du rebelle ennemy, qui bouffy d'arrogance,
Veut à vostre grandeur esgaler sa puissance.

Soly. Il ne faut q'vn Monarque excede en cruauté:

Rust. Il ne faut contre vn traustre exercer sa bonté.

Sol. La clemēce tousiours rēd vn Prince honorable.

Rust. La clemence le rend de ses subjects la fable.

Soly. La clemence le fait esgaler aux grands Dieux.

Rust. Les Dieux aiment vengeance, & punissent
  des Cieux
Les forfaicts des meschāts, foudroyans de tempestes,
Et de foudres grondans leurs execrables testes.

Soly. Les Dieux se mōstrēt lēts à punir les humains,
Ils aiment la douceur, & ne sont inhumains:
Ils preferent tousiours à justice clemence,
Ils font grace à celuy qui meschant les offence,
Quelque pecheur qu'il soit, pour moy je veux ainsi
Comme eux estre clement, & courageux aussi.

Boder. Vn Prince genereux, vn courage indōtable
Doit enuers le vaincu se rendre pitoyable,
Il ne doit, il ne doit se repaistre de sang,

Tragedie.

Comme vn tigre felon, puiſe dedans le flanc
D'vn pauure malheureux, qui a fait (choſe eſträge!)
A vn peſant lien de ſa franchiſe eſchange:
La bonté (Monſeigneur) eſt vn celeſte don.
Soly. Ie veux auſſi, je veux eſclater en pardon.
He! ne ſuffit-il pas d'emporter la victoire,
Sans aller prophanant les lauriers de ma gloire
De rage & de fureur? Mais laiſſons ces diſcours:
Car ja le blond Phebus ayant borné ſon cours,
S'en va precipitant dans les flots de Neree
Son chariot, ſes cheuaux, ſa peruque doree.
Or cependant je veux d'vn cœur vraiment royal,
Les exploicts genereux guerdonner liberal,
De tant de bons ſoldats, qui remplis d'allaigreſſe,
De mille bataillons ont renuerſé la preſſe.
Sus toſt que lon eſleue vn triomphe à celuy,
Qui braue conducteur a la guerre accomply.
Saladin, c'eſt à vous, à qui ma voix s'adreſſe:
Ayez ſoin que demain vn triomphe on me dreſſe:
Car tel eſt mon vouloir.
Saladin. *Magnanime Empereur,*
De qui le grand renom fait au monde terreur,
Qui de tant de Ceſars ſurmontez la vaillance,
Qui prudent maiſtriſez ſoubs voſtre obeiſſance
Tant de peuples diuers en mœurs & en parler.
Puis qu'il vous plait, gräd Roy, ma perſonne honerer
De vos commandemens: Ie m'en vay à ceſte heure
Accomplir vos deſirs, ſans plus longue demeure.

Soly. Allez, depeschez-vous: Mais quand je pense
Faut-il anparauant qu'en venir à l'effect (au faict,
Mon conseil aduertir? la chose est d'importance:
Vn grand mal vient souuent faute de preuoyance.

Aga. Mon Prince, vn meur conseil est tousiours
  plus certain,
Qu'vn conseil non pesé d'vn jugement soudain:
Et puis ce qui se fait par vn aduis bien sage,
Ne peut jamais causer qu'vn tref-grand aduantage.

Soly. Saladin, escoutez, auant que commencer,
Vous ferez en ce lieu mon conseil amasser,
Afin que sur cecy son aduis il vous donne.

Salad. Ie m'en vay de ce pas, afin qu'il en ordonne.

Soly. Or cependant allons rendre graces aux Dieux,
Qui de tant de hazards nous font victorieux.

SCENE SECONDE.
Ruftan seul.

QVoy? Ruftan, pourras-tu supporter cet outrage?
  Pourras-tu te monftrer si lasche de courage?
Pourras-tu voir ainsi prophaner tes lauriers,
Et ne t'en ressentir? quoy? tant de faicts guerriers,
Tant de vaillans exploicts, qui font ta renommee
Plus qu'vn astre briller, iront-ils en fumee?
Non: pluftoft mon esprit delaissera ce corps,
Pluftoft, pluftoft j'iray voir les riues des morts,
Pluftoft dedans mon sang je tremperay ma lame,
Qu'endurer a Ruftan qu'on reproche ce blasme.

Quoy? j'endureray donc ce mignon triompher?
I'iray comme vn poltron son triomphe honorer!
O Dieux! mais que me sert ceste ardente colere?
Comme braue vainqueur au triomphe j'espere:
Mes exploicts peuuent bien meriter cest honneur:
Ie n'ay pas moins que luy, de vaillance & de cœur:
S'il est le fils du Roy, pour moy je suis son gendre.
Mais je crains qu'en ses rets il ne m'aille surprendre:
I'ay crainte que pensant leuer ma gloire en hault,
Ie face par sa ruse vn plus horrible sault.
Il a ja des soldats acquis la bienueillance,
Il a par sa largesse acquis de la vaillance;
Son or le rend vainqueur, son or triomphera:
Mustapha par son or l'honneur emportera,
Tout le monde desia, tout le monde l'honore:
Ia plus que l'Empereur ce muguet on adore;
Solyman n'est plus Roy, chacun veut obeyr
A ce mignon, qui veut le Royaume rauir.
Mais j'atteste des Dieux l'immortelle puissance,
Qu'il sera tost puny de son outrecuidance.
Qu'il triomphe s'il peut: je feray bien changer
Ses lauriers en cyprés, afin de me vanger.
I'exciteray plustost & la terre & les ondes,
Ie mouuray de Thetis les cauernes profondes,
Pour abismer dedans son execrable chef,
Si parauant il n'a vn plus aspre meschef.
Que si le ciel pour moy ne s'arme de tonnerre,
Si pour moy icy bas il n'excite la guerre:

Ie defcendray pluftoft dans l'enfer paliffant,
Que ie n'aille vangeur fon orgueil abaiffant.
Mais voi-ie pas icy le Senat qui s'affemble?
Il me faut de ce pas retirer ce me femble.

SCENE TROISIESME.

Saladin, Haly, Bagadet, Baffara Senateurs.

Saladin.

MEßieurs, noftre gråd Roy terreur de l'vniuers,
Qui a tant de pays, tant de peuples diuers
Domtez, par fa valeur: comme encore naguere,
Quand le Hongre penfoit s'emparer de fa terre.
Noftre Roy, dy-ie ayant fur les champs fabloniers
Par les vaillans efforts de nos braues guerriers,
Du Hongre teraffé les robuftes gendarmes,
Qu'il vouloit indifcret oppofer à fes armes:
Ayant encor brifé les flottans eftendarts,
Rompu les efquadrons, renuerfé les remparts
Du vaillant Rhodiot. Voulant à fa puiffance
Conjoindre la grandeur de fa munificence,
Defire guerdonner les exploicts genereux
Des foldats indomptez, qui ont cheualeureux
Parmy tant de dangers, prodigues de leur vie,
L'arrogance abbaiffé de Rhode, & de Hongrie.
Et fur tout il veut faire au braue conducteur
Vn triomphe efteuer, tefmoin de fa valeur,
Et des faicts martiaux, que fa fage conduite
A fait reluire aux yeux de tout fon exercite.

Mais prudent, comme il est, n'a voulu commander,
Qu'il n'euſt faiſt parauant voſtre aduis demander.
Haly. Puis que des immortels l'immortelle aſſiſtāce
A de nos ennemis renuerſé la puiſſance,
Puis que le ciel pour nous fait trembler l'uniuers,
Puis qu'il jette pour nous tant de Roys à l'enuers,
Et de peuples mutins: & que meſme il prend cure
Du Prince Solyman, ſa chere geniture,
Touſiours, touſiours au port ſes deſſeins conduiſant,
Et apres les trauaux ſes jours fauoriſant
D'vn eternel repos: que peut vn grand Monarque
Faire de plus royal, de plus grande remarque,
Que de recompenſer les valeureux effeſts,
De ceux, qui ont pour luy tant d'ennemis defaiſts?
Vn Prince doit touſiours munifique paroiſtre,
La liberalité faiſt vn Prince cognoiſtre,
Le vray moyen de vaincre eſt de bien guerdonner,
Le gain fait au combat les ſoldats animer,
Et les plus laſches cœurs. Pour moy j'entēs qu'ō faſſe
Eſleuer vn triomphe au milieu de la place,
(Puis que le Roy le veut) afin que le vainqueur
Reçoiue le guerdon de ſa noble valeur.
Bag. Eſleuer vn triomphe à vn ſimple gendarme,
Qui, peut eſtre, n'a veu ny aſſault, ny alarme,
Qui n'a peut eſtre encor dedans le ſang trempé
Son acier innocent, ny ſon glaiue empourpré
Dans le flanc inhumain d'vne bande guerriere,
Qui n'a jamais vaincu qu'en fuyant en arriere,

Qui jamais n'a fait preuue au combat de son cœur,
Qui n'est que par autruy des ennemis vainqueur.

Salad. Mais croyez vous (Monsieur) l'Empereur
   si peu sage,
Qu'il voulut tant haulser un si petit courage?
Non, non: celuy là seul l'honneur emportera
Qui d'un commun accord l'honneur meritera.

Bag. Qu'ainsi soit: cela seul est au Roy conuenable;
Il ne faut un subiect rendre au Prince semblable.
Et que peut d'auantage un grand Roy desirer,
Que se veoir triomphant d'un chacun adorer?
Tant de Princes captifs faire esclater sa gloire?
Tant de peuples vaincus honorer sa victoire?
Cest honneur n'appartient qu'à un seul Empereur.

Bassa. Il peut fauoriser quelcun de ce bon heur,
Il peut recompenser celuy que bon luy semble.

Baga. Le côseil donc en vain sur ce sujet s'assemble.

Bassa. Le côseil ne veut pas ce desseing empescher.

Bag. Le conseil doit tousiours tel dessein retrâcher.

Bass. Le côseil doit tousiours se môstrer raisonnable.

Bag. La raison le fait voir quâd la chose est louable.

Bassa. Que peut de plus louable un Monarque puis-
   (sant?
Que d'aller d'un grand chef la vertu caressant?
Le triomphe est le pris de tout cœur magnanime:
On ne peut trop priser d'un vaillant Capitaine
Les exploictz genereux.

Baga. Puis qu'il vous plaist ainsi,

Et que le Roy le veut, je le veux bien auſſi.

Triomphe qui pourra : mais quand à moy j'ay crainte

Qu'on ne change bien toſt ce triomphe en côplainte.

Haly. Quel mal ineſperé peut de là ſuruenir?

Qu'on triomphe.

Baſſa. Il n'en peut qu'vn bon heur aduenir.

Qu'on triomphe & bien toſt.

Sal. Ie vay donc faire entendre

Au Roy ce qu'il vous ſemble eſtre bon d'entreprĕdre

Ie ſçay bien qu'en ſon ame il ſera tout eſpris,

Quand il aura par moy voſtre conſeil apris.

SCENE QVATRIESME.

Le grand Muphty, Solyman, Bauderic, Saladin,
Protegero, Muſtapha.

Muphty.

BElle & ſainĉte Deeſſe, au Ciel tant honoree,

Et ça bas des humains ſi tendrement aymee,

Qui portez ſur le front vn verdoyant Laurier,

Vne palme en la dextre, en l'autre vn Oliuier.

Chere eſpouſe de Mars, c'eſt vous qui vengereſſe

Souſtenez le party des Princes qu'on oppreſſe,

C'eſt vous qui renuerſez l'audace des Geans,

Que Iupin teraſſa dans le champs Phlegreans,

C'eſt vous qui foudroyez les felonnes Prouinces,

Les peuples arrogants & les ſuperbes Princes,

Que Rome a ſi long temps maiſtriſé ſous ſes Lois:

Vous eſtes le ſupport, & l'appuy des bons Roys,

Et l'effroy des meschants, par vous belle Deeße,
Noſtre Prince animé de guerriere proüeße,
A de ſes ennemis les bataillons affreux
Diſsipé ça & là comme ſable poudreux :
Par vous il a vainqueur ſurmonté tout le monde,
Il ordonne par vous de la terre & de l'onde,
Il renferme par vous ſoux ſon Sceptre puiſſant
L' Aquilon, le Midy, l' Orient, le couchant,
Par vous en fin par vous la paix chaſſe-Bellonne,
La paix porte-bon-heur ſur noz teſtes rayonne :
On ne voit que des feux ondoyer juſque au Cieux,
On n'oit que chants, que ris, on ne voit que des jeux,
On n'entend que des vœux enfantez d'allaigreſſe :
Pour tant de biens receus vn chacun vous careſſe,
Vous rendant humble grace. & qu'eſt-ce que je voy ?
Où vont tant de Seigneurs ? ſeroit-ce pas le Roy ?
Il me faut auancer pour mieux le recognoiſtre.
C'eſt luy, car je le voy dans ſon throſne paroiſtre.
Soly. Voy-je pas le Muphty là bas ſe pourmener ?
Muph. Il ne me faus icy plus long temps ſejourner.
Baud. Le voicy qui s'en vient.
Muph. Humble je vous ſaluë,
Grand Prince dont la gloire eſt au monde cogneuë.
Le plus chery du Ciel.
Soly. Soyez le bien venu,
Ie me ſens tout joyeux de vous voir en ce lieu.
Muph. Moy plus joyeux encer de voir voſtre vail-
        lance,

Tragedie.

D'vn bon heur eternel auoir la recompense,
De voir en voz costez tant de braues guerriers,
Dont les faicts ont acquis mille & mille lauriers,
De voir tant de Seigneurs plus redoutez qu'Alcide,
(Bien qu'il ait fait trembler le creux Acheronside)
Reluire en vostre cœur.

Soly. Pour moy d'vn humble cœur
Ie rends grace au grand Dieu d'vne telle faueur.
Qui prend cure de moy, qui deffend ma Couronne,
Qui faict que ma grandeur de tant d'astres rayonne.
Qui parmy tout hazard mon Empire maintient,
Et contre mes hayneurs ma querelle soustient.
Or Muphty mon amy, sur tout je vous commande,
Presenter chasque fois de ma part vne offrande
A ce grand Roy du Ciel, afin qu'il soit tousiours
De mon Sceptre l'appuy, le support de mes jours.

Muph. Sire, plustot le Ciel se trouuera sans flammes
Plustot sera Neptune, & sans voile & sans rames,
Que je n'aille tousiours le Ciel importunant
De prieres & de vœux, pour vous le suppliant.

Soly. C'est assez, je le croy: certes je vous honore,
Autant que la vertu vostre face decore
Sur tous je vous cheris. Mais nous ne pensons pas
Au subject, qui nous faict conduire icy noz pas.
Sus tost, pages, allez, sans plus long temps attendre,
Appeller Saladin, & qu'on luy face entendre
Que je veux du Senat l'ordonnance sçauoir.

Page. Sire je m'y en vay.

Soly. Toſt, car je le veux voir.

Muphty. Y a-il ſurvenu quelque nouvel eſclandre?
Quelcun veut-il encor contre vous entreprendre?
Quel accident vous faiſt le conſeil aſſembler?
Quel mal ineſperé vient encores troubler
Le repos de voz ans?

Soly. Non, non: prenez courage:
Ie ne crain point de Mars la fureur ny la rage,
Ny de Bellonne encor: je veux tant ſeulement
Comme Roy guerdonner chacun Royallement,
Ie veux en recompenſe eſgaler les merite.

Muphty. Certes le noble cœur par preſês on excite:
Et puis la raiſon veut qu'vn Prince genereux
Soit autant liberal, comme il eſt valeureux,
Mais voicy Saladin de ce pas qui s'aduance
Vous ſçaurez par cecy du Senat l'ordonnance.

Salad. Dieu vous donne tout bien.

Soly. A vous vn bon retour:
Mais qu'a faiſt le Conſeil, faiſtes m'en le diſcour,
Il me tarde deſia de trop long temps attendre.

Salad. Sire, en peu de propos je vous le vay apprédre.
Apres que le Senat eut ma charge receu,
Et voz commandemens de point en point conceu.
A balancer le faiſt ſoudain il ſe prepare:
Puis aiant tout peſé d'vne prudence rare
Et d'vn meur jugement: en fin conſiderant
Que cela vous alloit dauantage honorant,
Que la magnificence a vn Prince eſt loüable,

Qu'il se rend par presens vn chacun redeuable,
Et que soudre il n'en peut que tout bien, tout hôneur,
Veut de voz mandements ensuiure la teneur
Et loüant ce dessein, vn triomphe veut faire,
Puis que rêdre il vous plaist au vainqueur ce salaire.

Soly. Cest aduis me plaist fort: & suis tout trans-
porté,
De veoir ainsi chacun suiure ma volonté.

Boderic. Sire, vostre bonté se fait tousiours con-
gnoistre
A vouloir en honneur, & en tous biens accroistre
Le merite de ceux, qui pour vostre grandeur
Aux Martiaux combats font preuue de valeur.

Soly. Mais ce n'est pas assez il faut sçauoir encore,
Qui est ce vaillant chef, afin que je l'honore,
Qu'il reçoiue de moy, le gage respondant
A tant de beaux exploicts, que je luy vay gardant.

Prot. O Dieu quelle liesse! ô Dieu quelle journee!
Tu ne peux trop de nous, Bellonne, estre adoree:
O trop heureux succés d'vn combat incertain!
O braue conducteur, dont la guerriere main
A de noz ennemis sur les plaines sanglantes
Renuersé tant de corps, tant de troupes mourantes!

Soly. Qu'est-ce icy? d'où prouient ce bruit à l'impourueu?
D'où vient cest homme ainsi? ne m'est-il pas cogneu?

Prote. Mon front serene toy, & vous tristes pensees
Dans vn gouffre profond de soucys enfoncees,

Loing,

Loing loing retirez vous.

Soly. C'est peut estre vn bon heur,
Qui le conduit icy.

Bod. Mais peut estre vn mal-heur.

Proteg. Et que me sert icy ceste longue demeure?
Il faut sans plus tarder, voir mõ Prince à ceste heure.

Soly. Soyez le bien venu, mon soucy, mon espoir:
Mais quel bõ heur encor, vous fait nous venir voir,
Cependant que mon camp l'aduersaire redoute?

Proteg. Sire, ne craignez point, l'aduersaire est en
route:
Vos rebels ennemis sont descenduz là bas
Aux plaines de Pluton acheuer leurs combats.

Soly. Vous auez donc encore emporté la victoire?

Proteg. Mustapha vostre fils en merite la gloire.

Soly. Quoy mon fils Mustapha?

Proteg. Certe il en est ainsi.

Soly. Ne m'abusez vous point?

Proteg. Chacun cognoit cecy.
Vostre fils en valeur n'a onc eu de semblable,
Ælcide jamais ne luy fut comparable.

Soly. O Dieux! quel heur le Ciel insperamment
me faict!
Ie suis, je suis en bien maintenant tout parfaict.
O heureux Solyman! il te restoit encore
Pour combler ta grandeur, ce fils qui te decore:

Proteg. Il a des Rhodiots rompu les estendarts,
Il a du Hongre affreux renuersé les remparts:

Tragedie.

Il ressemble vn esclair: & ses trouppes inesles
Serues de son vouloir au combat vont des aisles:
Les soldats tout espris & de gloire & d'honneur,
Se laissent transporter au cours de son bon heur.
L'Armenien tout frais du sang de ses gendarmes,
Sent combien sa conduite a seruy à nos armes:
Il a veu, il a veu les yeux estincellans
Dés siens espoinçonner les courages bruslans,
Il a veu à son dam au plus fort de la presse
Courir & çà & là d'vne prompte allaigresse,
Detrancher, terrasser, sendre tout, rompre tout,
Renuerser, foudroyer de l'vn à l'autre bout,
Forser les bataillons, les iettant pesle-mesle
Comme espics abbatus soubs la sonante gresle.
Soly. Quoy donc l'Armenien s'est aussi reuolté?
Prot. Il l'a fait: mais bien tost il s'est veu surmonté.
Sol. O grãd moteur du ciel fay moy, fay moy la grace
De ne te mescognoistre en chose que ie face.
Ie voy bien que tu vas mon sceptre cherissant,
Mon Empire est par toy maintenant florissant:
Or dites moy, mon fils est-il en l'Armenie?
Prot. Il s'en vient, car il a de vous voir grãde enuie.
Soly. O que j'en ay de joye! allez tost mes mignons,
Allez le receuoir, allez mes compagnons;
Ie languis, si bien tost ie n'honore sa face.
Allez vous Saladin, esleuer en la place
Ce triomphe, que ja ie vous ay commandé,
Qu'on ne differe plus, c'est là ma volonté.

Saladin. *Sire, sera toſt faict.*

Soly. *Sus toſt qu'on ſe diſpoſe,*

Et d'honorer mon fils que chacun ſe propoſe.

Muph. *O que j'ay grand deſir de le voir en la cour.*

Boder. *Le voicy qui ſ'en vient, il eſt ja de retour.*

Sol. *Ca, mõ cher Muſtapha, ça que je vous embraſſe,*

Que je donne vn baiſer à ceſte belle face.

Muſt. *Sire, ce m'eſt grãd heur, de vous voir en ſanté,*

Apres n'auoir long temps de vos yeux abſenté.

Soly. *Ah! quel bon heur plus grand peut auoir vn*
Monarque,

Vn pere, mais d'vn fils de ſi grande remarque,

Que le voir triomphant apres tant de trauaux,

Apres tant de hazards, de peines & de maux?

Tout chargé de lauriers, tout eſclatant de gloire,

La palme dans la dextre, au coſté la victoire

Veſtuë d'vn habit, de Citez bigarré,

Hiſtorié d'aſſaults, d'eſtendarts chamarré?

Muſt. *Le deſir qui me bruſle à vous rendre ſeruice,*

Adoucit les trauaux, & les change en delice:

I'iray joyeux pour vous au milieu des aſſaulx,

Pour vous j'attaqueray les gouffres infernaux.

Bref, quand ma main pourra brandir ce cymeterre,

Ie n'auray jamais peur.

Soly. *Ca donc que je vous ſerre*

Encor vne autre fois: je ne me puis ſaouler,

De vous baiſer, mon fils, & de vous accoler.

O, mon cher Muſtapha, que j'ay grande lieſſe

De vous voir enflammé d'une telle proüesse!
Et certes je cognois dés il y a long temps,
Que les batailles sont vos plus beaux passetemps.
Or je veux guerdonner vos actes heroïques,
Ie vous veux honorer de triomphes publiques:
La raison le veut bien.

Mustaph. Vous auez trop de soing,
Sire, de vostre fils, sans en estre besoing.
La gloire me suffit: à tout cœur magnanime
La gloire est le seul pris, seule il l'a en estime.
Ne vous peinez en vain pour moy, mon geniteur.

Soly. Non, vous aurez le pris qu'on doit rendre au
vainqueur.

Must. Aussi côme vainqueur j'emporte les loüages,
Mon nom est redouté de tous peuples estranges.

Soly. Ie veux vostre vaillance encor plus honorer,
Et que pouuez vous moins qu'vn triomphe esperer,
Vous qui estes mon fils? l'appuy de mon Empire,
La gloire des Solmans, que tout le monde admire?
Non, non, ne doutez point, encore que le flambeau
De la nuict sommeilleuse ait d'vn sombre manteau
Voilé cest vniuers, vn chacun par les ruës
Entendra vos haults faits voler parmy les nuës.

SCENE CINQVIESME.
Bellonne, Discorde, Ambition.

Bellône. VEux-tu donc, ô Bellonne, estre tous-
jours oysiue?

Veux-tu tousiours en paix, tousiours viure chetisue!

As-tu si peu de cœur, toy, qui dans les combats,

Dans le meurtre & le sang fais tes plus doux esbats?

Toy, qui ne te repais que parmy le carnage,

Qui n'as pour friand mets, que l'horreur & la rage?

Toy, qui es des humains l'effrey & la terreur,

Te peux-tu voir ainsi sans credit, sans honneur?

Tu vois comme chacun veut ton Empire abbatre,

Tu vois la paix regner & ne la veux combatre,

Tu ne vois que festins, tu n'entends que clairons,

Non pour entr'animer les ennemis felons;

Ains pour rendre en son chant ta perte plus cogneuë,

Pour te trainer captifue apres vn char pendüe.

Mais non, non, j'ay encor quelque peu de pouuoir:

Mon credit n'est perdu dans l'horrible manoir.

Il faut, Bellonne, il faut sans dauantage attendre,

Dans les gouffres profonds du secours il faut prendre.

Vous Discorde sanglante, affreuse Ambition,

Venez tost, accourez, allumez le tison

De rage & de fureur dans ce palais superbe,

Qui mesprise mon nom.

Discorde. Nous venons de l'Erebe,

Deesses sœurs de Mars, pour ta peine alleger,

Des enfers tenebreux nous venons te vanger.

Chasse loing ces souspirs, ces sanglots, & ces plaintes,

Ces effroyables cris; que seruent ces complaintes?

Que seruent ces regrets?

Bellonne. Sus donc mes cheres sœurs

Eslancez, eslancez vos flambeaux punisseurs
Sur le superbe chef de ce Prince execrable,
Qui rend ma deité de chacun messprisable,
Prophane mes autels, bouleverse l'honneur,
Dont la terre souloit hommager ma grandeur.

Ambit. N'ayés crainte bientost je luy feray paroistre,
Qu'il se repentira d'ainsi vous mescognoistre.
Il sentira bien tost ce que peut mon pouvoir,
Il sçaura que c'est trop à vn Roy de vouloir
Contre vn Dieu se bander: je n'ay moins de puissance,
Pour domter maintenant sa superbe arrogance,
Que j'auois pour armer les parricides mains,
Et le courage ardent des deux freres Thebains:
Ie peux remplir encor sa maison de tuërie,
Ie peux troubler encor son ame de furie.
Il a beau triompher, banqueter, s'esiouïr,
Il n'esteindra pourtant cest extreme desir
Que j'ay de vous vanger.

Bellonne. Allez donc mes compagnes,
Renversez, foudroyez, ruinez ses campagnes,
Eslancez dans son cœur vos couleuureaux retords.

Disc. Quant à moy je m'en vay allumer des discords:
Le belliqueux Maltois, au monde il n'y a race,
Qui se hazarde plus d'affronter son audace.
Et encores pour mieux son orage exciter,
Ie vay des fiers Persans les efforts emprunter.

Ambit. Et moy je vay cobler sa maison de carnage:
Maison, où la fureur, la cruauté, la rage,

Et l'horreur y feront leurs eternels sejours:
Il n'y verra que sang, rien que meurtre en ses jours:
Il occira bourreau, sa propre geniture,
Pour trop indiscret croire à sa femme parjure.
Mais qu'est-ce que j'entends?
Bellonne. Des trompes le fanfar,
Qui amenent son fils triomphant dans vn char.
Discor. Allons donc vistemët troubler ceste liesse.
Ambit. La Reine je vay voir comblee de tristesse
Du bon heur de son fils, & pour mieux auancer
Mon dessein, à Rustan je le vay adresser.
Discorde. Et moy au parauant partir de ceste place,
Cachee en quelque coing, je veux voir ceste farce.

SCENE SIXIESME.
Mustapha Triomphant.

O Dieux, qui gouuernez les affaires mondains,
Qui regissez la terre & le Ciel de vos mains,
Qui maistrisez les Reys: en fin qui toutes choses
Tenez dans le circuit de voz pouuoirs encloses.
Apres m'auoir gardé parmy tant de dangers,
Auoir orné mon front de tant de beaux lauriers,
Et maintenant encor, qui me donniez la gloire,
Ayant aussi receu de voz mains la victoire.
Grands Dieux! je vous rend grace animé d'vn bon
    cœur,
D'vn cœur vraiment loyal: et vous, mon geniteur,
Mon vnique soulas, aux vœux de mes prieres

Soyez tousiours aymé de terres estrangers,
Que tousiours vos beaux ans par le ciel soiét côduits,
Qu'il benisse vos jours: Et vous mes chers amis
Qui auec moy auez au milieu des alarmes,
Des assauts, des combats fait préuues de vos armes
Il faut, le Roy le véut, maintenant guerdonner
Vos exploicts genereux, & à chacun donner
Le pris de sa valeur, Approchez ces trophees:
Ie veux recompenser tant de peines passees.
Vous, Achmet, mon soucy, mon sage gouuerneur,
Receuez cest acier tesmoing de la valeur
Qui vous faict admirer.

Achmet. Ce mien petit merite,
D'estre tant honoré de vous point ne merite.

Must. Vous Hebraia mon cœur, prenez de moy ce
dard.   (hazard.

Hebra. Pour vous ie ne crain point, ny combat, ny

Must. Mon cher Protegero, ce casque ie vous dôné.

Prote. Vous honorez par trop en cela ma personne.

Must. Saladin, receuez ce corselet brillant.

Salad. Ie ne veux refuser vn si rare present.

Must. Et vous mon petit fils, ma chere nourriture,
Mon mignon, mon amour, ma plus soigneuse cure,
Mon ame, mon espoir, ne vous sentirez vous
De ce present bon heur, qui est commun à tous?
Vostre galant esprit, vostre noble ieunesse
Me fait attendre vn jour quelque grande prouësse.
Tenez donc, mon enfant, receuez ce beau don,

Et

Et tousiours imités vostre pere en renom.

Melida. Asseurez vous (Monsieur) de me veoir
    tousiours suiure

Voz parfaictes vertuz, pour parfaictement viure,
Et que plustot la mort accourfira mes ans,
Que ie sorte iamais de voz commandemens.
Asseurez vous tousiours de mon obeissance,
Mon bien est d'imiter vostre rare prudence.

Must. Vous estes ie voy bien soux vn bon astre né,
Mon fils, & pour hauts faicts hautement destiné:
Poursuiuez, donc tousiours l'honneur de vostre
    gloire.

Melid. Monsieur, i'auray tousiours de voz propos
    memoire:
Ie veux les pratiquer, & les garder par tout,
Ie veux vous imiter de l'vn à l'autre bout:
Or ie prendray de vous ce don tant honorable,
Mon geniteur, encor que ie n'en sois capable
Au moins il seruira pour mon cœur exciter,
Et pour m'en faire vn iour quelque autre meriter.

Must. O le gentil esprit, certes i'ay si ant de ioye
Que mon cœur tout pasmé de liesse se noyé:
Ie vay bien mon mignon que vostre noble cœur
Sera tousiours espris du flambeau de l'honneur:
Suiuez ce bon desir qui reluit en vostre aage,
Ce desir vous rendra quelque grand personnage.

Achmet. Sans doubte, mon Seigneur, ses ans desia
    guerriers,

Le seront grisonner à l'ombre des lauriers:
Et certe il est à veoir que son braue courage
Sera l'honneur en paix, au combat vn orage.

Proteg. Le soleil qui se leue assés vif en lueur,
Nous promet vn midy plein de grande chaleur.
S'il faict ja admirer sa premiere jeunesse,
Quelle en l'aage parfaict sera sa gentilesse?

Must. Quand à vous qui auez d'vne parjure foy
Par vos armes aigry la colere du Roy:
Qui auez de nos bras esprouué le tonnere,
Dont les sanglants effects sont gisans sur la terre,
Et qui pauures captifs, honorez maintenant
La gloire que me va ce triomphe donnant.
Sounenez vous tousiours de rendre obeissance
A celuy, qui vous monstre auiourd'huy sa clemëce.
L'Empereur vous pardonne, & moy de mesme cœur
Ie retire de vous l'esclat de ma rigueur.

Rhode. O fortune combien tu nous es fauorable!
O combien tu te monstre à noz maux pitoyable!
Naguere tu nous a la liberté ramy
Pour rendre soux vn joug nostre cœur asseruy,
Mais, helas! soux vn joug cent fois plus desirable
Que ne sont les faueurs d'vne franchise aimable.

Hongrie. Grand Prince, d'icy bas l'ornemët nom-
 pareil,
Qui n'auez en valeur ny bonté de pareil:
Que pour vn tel bien-faict la celeste assistance
Accompagne tousiours vostre noble vaillance.

Armenie. *Pour moy vrayment je croy celuy là estre*
     heureux;
Qui tombe souz l'effort d'vn chef si valeureux,
Comme vous, mõ Seigneur, qui au lieu de l'abbattre,
Par clemence voulez son offence combattre.
Musta. *Allez, je vous remets en vostre liberté:*
Ce m'est assés d'auoir la victoire emporté:
Qu'on leur oste les fers, & qu'vn chacun se sente
En joyeux passetemps de la feste presente.

CHOEVR DES SOLDATS DE
Mustapha fils de l'Empereur.

Voicy braues soldats
   Le prix de vos combats,
Et l'heure que Bellonne
De lauriers vous couronne.
Receuez de bons cœurs
La palme que vainqueurs
Remportez d'Armenie
Au peril de la vie.

   Ie voudrois de rechef
Hazarder ce mien chef,
En la lice de gloire,
Pour vne autre victoire;
Car encores je sens
Vne ardeur en mes sens,
Qui ma poictrine enflamme
D'vne guerriere flamme.

C'est en ce champ de Mars,
Où les vaillans soldars
Vont recherchant la gloire
D'eternelle memoire.
Là se trouue l'honneur,
Et le parfaict bon-heur,
Qui se donnent pour gages
Aux genereux courages.

Courage donc, l'honneur
Nourrice de grandeur,
Nous vante par le monde
D'vne gloire feconde.
Car d'vn chef renommé
Le soldat animé,
Afin de tousiours viure,
Doit les traces ensuiure.

Fin du premier Acte.

ACTE SECOND.

SCENE PREMIERE.

Roxelane, Alinda, Zaratin.

Sera-ce donc tousiours Princesse infortunee,
Que viendra t'assaillir la dure destinee?
Sera-ce ainsi tousiours que le sort vigoureux
Te viendra bourreler les esprits langoureux?
Toy qui es d'vn grand Roy la Dame bien-aymee,
Qui d'vn mignard attrait tiens son ame allumee.
Toy qui es sa Cypris, ses delices, son cœur,
Faut-il dôc qu'vn Muguet soit de toy le vainqueur?
Faut-il qu'vn ieune sot aux despens de ta gloire
Sur toy, sur tes enfans emporte la victoire?
Vn Mignon, vn masqué qui ne fit iamais rien,
Qui n'a que son thresor pour support & soustien?
Qui à peine ne peut brandir vn cimeterre
Craignant de ressentir les efforts de la guerre?
Qu'il triomphe tout seul? qu'il rauisse l'honneur
A ses autres germains, qui ont plus de valeur?
Qui cent fois plus que luy dans les sanglans orages,
Ont monstré la grandeur de leurs braues courages?
Et qui l'a iamais veu dans les gouffres de Mars
Opposer sa poictrine aux cousteaux & aux dars,
D'vn soldat acharné? s'il a de l'Armenie

D iij

Tragedie.

Peut estre renuersé la fureur ennemie
Par l'effort de nos gens: Non, non son lache cœur
Qui trembloit au combat, & de fieure & de peur
N'en merite la gloire, ains plustot la fortune,
Le sort & nos soldats ont la gloire commune.
Pourquoy donc triompher? pourquoy seul as-tu pris,
Courage effeminé, de tes freres le pris?
O Solyman peu sage! est-ce ainsi que ton ame,
Que ton amour respond à l'amour de ta Dame?
Est-ce ainsi que tu vas caressant mes enfans,
Que tu deusses sur tous auoir veu triomphans?
O promesse de Cœur! fraudaleuse promesse!
Promesse sans effect, trompeuse & piperesse!
Mais ce trop de discours: le plus fort en est faict,
Ie ne puis retarder vn ouurage parfaict.
Il faut, il faut penser à combattre l'audace
De celuy qui combat ton honneur & ta race.
Roxelane, sus, sus, sus donc esueille toy,
Excite tes espris pleins d'horreur & d'effroy,
Roxelane, il ne faut maintenant que tu dormes
Or qu'on te faict vn tort si lachement enorme,
Il ne te faut presser ny lict ny trauersain,
Sans auoir acheué ce qu'est de ton dessein.
C'est à faire aux tessons à ronfler sur la terre,
Et non à toy Princesse auoir horreur de guerre.
Ou il faut que premier on te donne la mort,
Ou que tu vainque en fin, & l'injure & le tort
Que l'on te va faisant.

Alinda. Et qu'y a-il, Madame,
Qui vous gesne le cœur, vous bourelle ainſi l'ame?
Si ja voſtre beau fils paroiſt puiſſant en cour,
Et careſſé des grands: la fortune à ſon tour,
Sur vous & vos enfans fera luire ſa face.
Et peut eſtre celuy ſentira la diſgrace,
Qui joüiſt maintenant du comble de bon-heur:
En meſme endroit touſiours ne luit point ſa faueur,
Elle change ſouuent de viſage, & de place.

Rox. Paroles: je voy bien comme le tout ſe paſſe,
On m'a trompé, mais quoy? ce qui eſt faiſl, eſt faiſl:
Et que reſte ſinon me vanger du forfaiſl
Encontre ce meſchant? De parler dauantage
D'vn doux baiſer du ſort, nous ſommes en ſeruage
D'vn eſpoir differé. Pourquoy pluſtoſt vn fat,
Vn laſche damoyſeau, qui beaucoup plus qu'vn chat
A crainte de ſon nom, emporte ceſte gloire
Que non pas mes enfans? qui de bonne memoire,
Se ſont trouuez vainqueurs des ennemis dontez?
Faut-il donc que de ceux qui les ont ſurmontez,
L'vn aye le laurier, les autres le ſeruice?
Non, non, j'empeſcheray ceſte grande injuſtice:
I'empeſcheray ce coup: Et faut, ô Solyman!
Que tu ceſſes d'aimer, ou que je cede au rang
Que tu me fais tenir, ſi je ne voy premiere
Le bout de mon deſſein.

Alinda. Mais de quelle maniere,
O Reine, penſez vous renuerſer ce qu'eſt faiſl?

Au fils de l'Empereur vn triomphe est parfaict,
L'Empereur l'a voulu, on a donné louanges
Au Prince de l'Empire, & non à des estranges,
Le trouuez-vo[us] mauuais? Madame, tout vainqueur
Doit pour loyer auoir la louange & l'honneur.
Rox. Ouy bien, s'il a luy seul emporté la victoire,
Et non ialoux d'autruy s'attribuant la gloire,
Obscurcit les exploicts de son frere germain.
Al. Croyez vous que le Roy n'y ait tenu la main?
Rox. C'est trop parler, icy le discour n'a point place
Iamais n'endureray qu'on mesprise ma race.
Zaratin, vistement appellez moy Rustan,
Il peut en ce propos.
Zarat. C'est ce que ie pretend,
Souueraine Princesse, en quoy ie veux paroist
Vostre humble seruiteur.
Rox. Ie pourray lors cognoistre
Comme la chose en va, car si cestuy ne peut,
Selon mon bon plaisir ce qu'auec moy il veut,
S'en est faict, Roxelane y perd toute puissance,
Vn seul ieune mignet l'emporte, & la deuance.
Mais ie croy que bien tost ie voiray ce meschef
Qui me vient menaçant esloigné de mon chef.

SCENE SECONDE.
Roxelane, Rustan, Solyman, le grand Aga.

Rust. LA Reine est en esmoy, qu'auez vous lôc
Madame?

Pour-

Pourquoy ne parlez vous? c'est trop couuer en l'ame,
Et cacher vn dessein à cil qui beaucoup mieux
Vous honore & cherit que son cœur & ses yeux.

Roxel. *Ha Rustan mon amy.*

Rustan. *Qui vous met donc en peine?*
Qui vous transporte ainsi? prenez vn peu haleine,
Donnez tresue aux souspirs.

Roxelane. *Rustan, c'est faict de moy.*

Rust. *He! dites moy pour Dieu, d'où vous vient cest*
esmoy?
Dites moy, d'où vous vient la douleur qui vous tue?
On ne peut soulager la douleur qui n'est sceu.
Est-ce point Mustapha qui vous blesse le cœur,
Ou quelque bruit nouueau? d'où vous viët ceste peur?

Rox. *Voila de quoy, voyez combien d'outrecuidãce*
Ce triomphe a causé: si le Roy ne balance
Ce crime scelerat, & si d'vn bras vangeur
Il n'accable l'orgueil de ce traistre imposteur,
C'est fait, c'est fait de luy, c'est fait de son Empire,
Bien tost il le verra par ce tyran destruire.

Rust. *Il ose donc armer contre vous le Persan?*

Rox. *Desia tout ce Royaume il se va proposant,*
Il allume par tout des ciuiles querelles,
Seme des factions, & des haines mortelles,
Et resueillans l'horreur des combats amortis,
Contre nous & l'Estat excite des partis.

Rust. *Ha poltron detestable! ha ingrate vipere!*
Guerdonnes-tu ainsi les bienfaicts de ton Pere?

E

Madame, n'ayez peur, prenez ce reconfort,
Bien toſt je vangeray ceſte injure & ce tort:
Si le Roy ne le fait, j'iray, j'iray moy-meſme
Enfoncer mon poignard dans ſa poiĉtrine bleſme:
Il eſt temps, il eſt temps que ce preſumptueux
Reſſente les efforts de mon bras furieux.
Lon cognoiſt maintenant par trop la conuoitiſe,
Qu'il a long temps caché d'vn maſque de feintiſe,
Lon recognoit par trop les ruzes que ſon cœur
A ſi long temps voilé d'vn viſage menteur:
Voicy voicy en fin ce qu'auec grande enuie
J'ay cherché pour ſubjeĉt de luy perdre la vie:
Le voicy ja trouué, le ſommeil gracieux
Ne donnera relache à mon corps ſoucieux,
Que je n'aye premier ceſte ame deſloiale
Veu engouffrer au fond de l'onde ſtigiale.
Mais ce n'eſt pas aſſez d'auoir ce bon deſſein,
Il faut ſçauoir comment on en verra la fin.
Cela eſt important, c'eſt pourquoy ce me ſemble
Il ſeroit bon, Madame, en aduiſer enſemble.
ROX. Monſieur, ſur tout il faut faire au Roy le recit
De ce qui eſt du long couché dans ceſt eſcrit
Car par là cognoiſſant le but de ſes empriſes,
Sans doute il vangera ces meſchantes ſurpriſes.
Ruſt. Voſtre conſeil eſt bon, & je croy que voicy
Suruenir à propos noſtre Empereur icy.
Soly. Et bien chere Partie, appuy de mon Empire,
Du grãd Caire l'hõneur, qu'eſt-ce qui vous martire?

Où eſt ce teint vermeil, dont les viues couleurs
Surpaſſoient du Printemps les plus parfaites fleurs?
Rox. Las! helas le mal-heur qui tourmente ma vie,
Qui ſans ceſſe me peine & me tient aſſeruie,
Ne veut pas que mon front deſmētant mon tourmēt
Porte empreint deſſus ſoy l'ordinaire ornement,
La triſteſſe bien mieux conuient à mon viſage.
Soly. Mais qui eſt le ſujeſt qui vous bat le courage?
Ne me le taiſez point.
Rox. I'ay crainte que bien toſt
L'on ne vous faſſe veoir le ſtygien cachot.
Soly. Peut eſtre de mon fils, le ſoupçon vous faiſt
    craindre.
Rox. De voſtre fils vrayment la ruze me faiſt
    plaindre.
Soly. Non, non ne craignez pas, mon filz n'eſt pas
    rebel,
Ce n'eſt pas contre moy qu'il voulut eſtre tel.
Ruſt. Sire voyez delà la fureur qui chemine,
Et qui ſans ceſſe bout en ſa chaude poiſtrine,
Voyez delà combien c'eſt eſſrit orgueilleux
Machine contre vous de maux pernicieux,
Sçauez vous pas comment jamais il ne repoſe?
Comme il trame touſiours quelque nouuelle choſe,
A l'encontre de vous? ains ira deſtruiſant
Si vous n'allez bien toſt ſes deſſeins renuerſant.
Soly. Eſcoutez chers amis, il faut en ces affaires
Que nous ſoions prudens & non pas temeraires.

Rox. *On ne peut en ce cas marcher trop prōptemēt.*

Soly. *On ne peut en ce cas marcher trop meuremēt.*

Rox. *Prompte est l'occasion bien tost elle s'estoigne.*

Soly. *Prōpte est l'occasiō, mais le prudent l'epoigne.*

Rox. *La prudence y est vaine, elle aime les hardis.*

Soly. *Elle se mocque aussi souuent des estourdis.*

Rox. *De qui attēdrés vous que de vous asseurāce?*

Soly. *Le paternel amour me dicte autre esperance.*

Rox. *Ie crain que ceste amour ne vous aille perdāt.*

Soly. *Pourroit elle offencer vn courage constant?*

Rox. *Tel pense estre bien droict, qui bien souuent tresbuche.*

Soly. *En cecy je ne voy ny crainte ny embusche.*

Rox. *Il y a plus qu'embusche où il va du forfaict.*

Soly. *Forfait soit, ce n'est pas de mon fils vn effect.*

Rox. *Le violent amour chasse la deffiance.*

Soly. *Quand à moy, j'ay tesmoin la bōne conscience.*

Rox. *La bonne conscience est fort loüable en vous.*

Soly. *La bonne conscience ont les enfans de nous.*

Rox. *Cest heritage aussi souuent est depranee.*

Soly. *Iamais quand la nature est à point cultiuee.*

Rox. *Où est vice plus grād que fraude & trahison?*

Soly. *La trahison jamais n'est jointe à la raison.*

Rox. *Plus criminel est dōc qui sans raisō est traistre.*

Soly. *Pensez vous qu'il osast telle fraude cōmettre?*
Pensez vous que mon fils, la regle de ma loy,
Voulut perfidement se bander contre moy?
Il est par trop prudent que d'obscurcir la gloire

Qui le va decorant d'eternelle memoire.

Rust. *Sire, je suis certain, qu'en son perfide cœur*
Il couue contre vous vne horrible rancœur:
Et ne sçauez vous pas,comme pour sa querelle
Le Persan ja desia d'vne guerre cruelle
Menasse vostre Estat,n'auez vous point l'escrit,
Qui de ses factions porte vn ample recit?

Soly. *Mais vous qui gouuernez d'vne juste balãce*
La garde de nos corps, mon vnique asseurance,
Grand Aga mon Conseil. quel bruit est de cecy?
Que dit-on? que vous semble?

Aga. *A peine puis-je icy*
Que tout tremblant d'effroy,tout boüillant de colere
Ie ne m'exclame(ô Roy)pensant à ceste affaire
Plein d'orage & d'enuie, a-on veu jamais fils
De plus rare vertu, plus fidel, plus exquis,
Que vostre Mustapha? Mustapha qui en guerre
Renuerse, brise tout, à guise d'vn tonnerre,
Qui subtilize vn foudre, & d'vne exhalaison
En fait mille desbris qui estoit sa prison?
Celuy la qui voz loys, vos peuples, la justice
Deffend, cherit, honore, esloigné de malice?
Ie ne croiray cecy: car souuent il prend mal
De croire de leger en vn faict capital.

Soly. *Entendez vous, Rustan ; comprenez vous,*
        Madame,
Voyez vous pas qu'à tort vous luy dõnez le blasme?

Rust. *A tort?non pas à tort: non,non ne pésez pas,*

Que je voulusse ainsi luy causer le trespas:
Qu'en pourroy-je esperer? quel plus grand auantage
Me viendroit de sa mort? c'est seulement l'orage
Que je voy ja tout prest, qui me vient animant,
L'orage que je voy que lon vous va trama. t:
Obuiez y, trop tard & souuent à ruine,
Au mal inueteré fait on la medecine.
Soly. Ie ne voy rien qui presse, en ce cas tout est seur,
Mamie ne craignez quelque panchans malheur,
Asseurez vous sur moy, peruuant que l'Aurore
Quatre fois de ses rais ce bas monde redore,
Ie sçauray son dessein, je sçauray ce qu'il faict.
Que si peut estre il a trop laschemens forfaict:
N'ayez crainte, bien tost sur sa coupable teste
Ie feray rejaillir l'esclat de sa tempeste.
Rox. Ah! je voy biē helas, je voy bien qu'il me faut
Ceder à ce beau fils, puis qu'au Roy il ne chaut
De son propre malheur, puisque de sa puissance
Luy-mesme n'a de soin en ce faict d'importance.
Faut-il doncque pauurette, ô Reine de malheurs,
Que tu sois ainsi faicte vn Ocean de pleurs?
La fable de chacun? le joüet de misere?
Que tousiours du destin tu sentes la colere?
Tu ne pourras donc pas d'vn perfide marant
La pointe reboucher, contrequarrer l'assaut?
Tu iras donc cedant sans cœur & sans courage
L'honneur à ce poltron, qui tellement t'outrage?
Arme toy, Roxelane, & de flamme & de feux,

Et fay que tes effects respondent à tes vœux,
Appelle à ton secours le chœur des Eumenides,
Que leurs foüets, leurs serpens, leurs flambeaux soient
    tes guides,
Et t'allument le cœur: afin de te vanger
De ce traistre voleur, ce cruel estranger,
Qui t'a terny ta gloire, & par qui t'est rauie
Ta joye, ton repos, ton espoir, & ta vie.
Il faut, il faut qu'il meure, & que de ceste main
I'arrache de son corps son esprit inhumain,
Ie ne peux moins, jadis que peust vne Medee,
Pour luy monstrer que c'est d'vne Reine offensee.
Rust. Ne vous laissez, Madame, aller au desespoir,
Nous n'auons pour cecy que par trop de pouuoir:
Ne vous courroucez point, & pensons à parfaire
Ce qu'il conuient pour l'heure apporter à l'affaire.
Allons, il nuit tousiours differer ce qu'est prest.
Aga. O Dieux, qui gouuernez d'vn eternel ... rest
Le Ciel porte-flambeaux, les luisantes planettes,
Qui nous donnez le jour apres les nuicts brunettes,
Prendrez vous donc plaisir au sang des innocens,
Ou ne punirez vous tous ceux qui sont consens,
Et coupables du faict? fendez, fendez la terre,
Afin que ces meschans dans son ventre elle enserre:
O Monstres stygiens! ô Manes ensouffrez,
Que l'Erebe retient dans ses eaux engouffrez!
O meurtrieres Sœurs! ô furies sanglantes!
Aux crins entortillez de couleuures sifflantes:

Tragedie.

Venez toutes icy, detranchez, tronçonnez
Ceux qui à ce forfaict se sont abandonnez.
Mais que dis-je, ô grāds Dieux! ce crime est-il possible?
Y a-il si felon, qui soit en ce flexible
Et ne tremble d'horreur? si est-ce que ces mots
Ont infus vne crainte au profond de mes os.
Quel remede à ce mal? las n'est-il point possible
De rejeter arriere vn malheur si terrible?
Non, pour moy je ne peux, je peux tant seulement
Aduertir Mustapha du triste euenement.

SCENE TROISIESME.

Mustapha, Camerie, Melidor, Cleante, le grand Aga.

Musta. HElas d'où peut venir que par tout où
je passe,
Tous mes fidels subjects tiennent la face basse?
D'où vient que tous saisis de crainte & de frayeur,
Ie les voy sans parole, & sans repos au cœur?
D'où viēt que to° pēsifs plus qu'ils n'ōt de coustume,
Ils craignent ne sçay quoy de mauuais infortune,
Ne sçay quoy de malheur? las je redoute fort,
Qu'il ne panche sur nous quelque malheureux sort.
I'apperçoy neantmoins qu'on feint à me le dire,
Et si je voy quelcun, soudain il se retire,
Il se cache de moy, tirant au mesme instant
D'vne ame mi-partie vn grand gemissement:
Ce sont signes certains d'vn malheur, que je n'ose

M'aduan

M'aduanturer encor de demander la cause.

Mais pourquoy? j'ay beau faire, il fault que toſt ou
- tard,

I'appreſte mon eſprit à ſubir ce hazard,

S'il y a du hazard je ne ſçauroิs tant faire

Que je ne ſache en fin ma fatale miſere.

De grace grand Aga, qui d'vn cas eſtranger

Auez peut eſtre ouy ou veu le meſſàger.

Qui a-il de nouueau? quel impiteux meſchef

Nous menaſſe à ce jour? nous panche ſur le chef,

Quoy? ne parlés vous point? le mal qui vous affolle,

Vous remplit-il la bouche au lieu de la parolle?

Ie vous pry grand Aga, de grace parlez moy,

Prenez vn peu aleine, annoncés voſtre eſmoy.

Aga. Las! je ne puis parler.

Muſt. Pourquoy? quelle triſteſſe

Vous aſſiege le cœur & de regret l'oppreſſe?

Aga. La cuiſante douleur me rauit le parler,

Parler qui en tout point ne peut eſtre qu'amer.

Muſt. Il peut bien eſtre amer, ſi dans ceſte poitrine

Il ne trouue ſa place & ſa ſeure ruine.

Iamais vn cœur Royal n'eſt bleſſé de diſcours,

Les faits plus hazardeux ſont meſme leurs amours.

Aga. Sachés donc que tantoſt pendant que la nuiɛt
ſombre

Laiſſoit ſon orizon, & abbaiſſoit ſon ombre,

Lors que le blond Soleil de ſa lampe doree

Redonnoit aux humains la clarté deſiree.

Tragedie.

La Reyne tout en feu bruslante de courrous
Vn horrible meschef machinoit contre vous.
Elle a tasché long temps souz faulses apparences
Vous accuser au Roy des nouuelles puissances,
Que vous alliez la Perse à la guerre excitant
Et contre sa grandeur ses subjets irritant.
Le Roy tout estonné de ces tristes nouuelles,
Retourne en son esprit les plaintiues querelles.
Mais tout ainsi qu'vn pin soit en pluye ou greslons
Tient teste à la fureur des sifflans aquilons
Sur le sommet d'Ida: l'Empereur tout de mesme
Rejette loing de soy la plainte de sa femme.
La voila en furie, elle escume soudain,
La perruque luy dresse, elle prend en la main
Ce que l'ire suggere, & aussi tost volante
Haut & bas enragee ainsi qu'vne Bacchante
Ah! dit-elle, faut-il qu'vn jeune Damoiseau
Emporte tout l'honneur, & nous mette au tombeau?
Faut-il que mes enfans en si grande infamie
Soient estimez bastards sans los, & pleins d'enuie?
Tu en mourras, jamais n'eschapperas mes mains,
Pour moy j'auray l'enfer, si je n'ay les humains.
Must. Ha cruelle! est-ce ainsi, detestable marastre,
Que tu repais de sang ton ame opiniastre
Du sang des innocens? est-ce ainsi, est-ce ainsi,
Que je sers de jouet à ton cœur endurcy?
Ha femme! ingrate femme! infernale furie,
Qui ne va remaschant qu'horreur & que furie!

Dis moy, que t'ay-je fait? mais non, qu'ay-je pensé?
Pour te voir tellement contre moy offensé?
Ay-je tasché jamais, dy, dy, je t'en despite,
Te faire tresbucher dans le bourbeux Cocyte?
Mais que ne l'ay-je fait? puis d'un pareil effort
Que n'ay-je quand & quand outrepercé ce corps?
Pour moins j'auroy ce bien gisant dessous la lame,
De t'auoir preuenu au dessein que tu trame.
I'auroy ce bien encor de ne point redouter
Le malheur qui tousiours me viendra tourmenter,
Et qui m'affligera jusqu'à tant que ta vie
Par la fiere Cloton te doiue estre rauie.
Mais las! & qui pourra donner soulagement
Au malheur qui me vient battre si rudement?
Par quel moyen pourray-je eschapper de sa rage?
I'ay crainte que le Roy surpris par son langage,
Ne se laisse flefchir: Ainsi jadis Thesé
Qui auoit des enfers la barriere forcé,
Croyant peu sagement à sa femme adultere,
Fit ressentir l'aigreur d'une injuste colere
A son bel Hyppolit', car helas que ne peut
Celle qui à mal faire abandonner se veut?
Les plus sages cerueaux, les armes les plus fines
Sont contraintes ceder aux ruzes feminines.
Aussi combien de tours, combien d'inuentions
La femme va cherchant, pleine de passions?
Mais vous mon reconfort en qui je me console,
Le seul soulagemens du malheur qui m'affole,

Bel astre de mes jours, dont les rayons brillans
Chassent de nos esprits les nuages broüillans:
Mon bel œil & mon tout, qui dans vostre poitrine
Portez le cœur viril, l'ame toute divine,
Dites moy, je vous pry', quel remede en cecy?
Soulagez un petit mon langoureux soucy.
Cata. Las! mõ cher Mustapha, l'espouuẽtable crainte
Qui me vient torturer d'une poignante attainte,
M'a tellement saisy, que je ne puis tirer
Le vent de mes poulmons pour me faire parler.
O qu'heureux est celuy qui loing de ces grandeurs,
Loing des Royalles cours, loing des vaines honneurs
Se plaist dans les rochers des steriles montaignes,
Ou bien à cultiuer les herbeuses campaignes,
Il ne redoute point tant d'encombres diuers,
Qui jettent bien souuent les sceptres à l'enuers,
Il ne craint point la dent d'une mortelle ennie,
Qui le fasse auancer dans la salle blesmie
Du beau fils de Cerés: mais se riant de loing
Il contemple des Roys & les maux & le soing.
Or quant à vous, Monsieur, qui estes valeureux,
Il faut que vous ayez un desir genereux
De vanger ceste injure, il faut que vostre espee
Soit du perfide sang de la Reine trempee:
Ce n'est pas un outrage, ou injure, ou forfait,
Quand nous vangeõs le tort qu'un estrãge nous fait.
Mel. Mon pere permettez, permettez je vous prie,
Que d'un acier trenchant je luy oste la vie:

Permettez moy que j'aille enfoncer en son sein

De ma main vangeresse vn poignard assasin.

Vous entédrez, qu'en moy vos vertus sont vinütes,

Et qu'en ce petit corps elles sont bien ardentes,

N'ayez peur que jamais la crainte de mourir,

M'empesche d'acheuer ce louable desir.

Must. Ie suis tout esiouy, mon fils, de vous entédre,

Vous ne pouuez pour l'heure vn plus beau subiect
    prendre

Pour employer la voix de vos ieunes discours,

Qu'vne telle pensee: engrauez pour tousiours

En vostre tendre esprit vn desir de me suiure,

Et de faire apres moy mes proüesses reuiure.

Car tant que vostre esprit croissant s'affermira,

Ce desir affermy tousiours s'augmentera.

Et tout ainsi qu'on voit sur vne tendre escorce

Le chiffre s'affermir qu'on y graue sans force,

Sachez que vous voirez ce desir s'augmenter,

Et qu'vn iour le pourrez en gloire surmonter.

Mais à present, mon fils, que ceste gentillesse

Surpasse de vos bras la tendrette foiblesse,

Laissez-là ce dessein: ie sçauray me vanger,

Et reietter de moy l'effort de ce danger,

Suruiendra quelque iour en la fleur de vostre aäge

Vn plus digne subiect d'vn si braue courage.

Mais qui sont ceux icy que ie vois auancer?

Le Roy me fait-il point ce message adresser?

SCENE QVATRIESME.

Muſtapha. Camerie.

Chreſtor, Thynelly, Teſtorin.

Chre. GRand Duc vinez heireux, & que toute
contree
Reçoiue vos vertus & voſtre renommee.
L'Emperiere ſur tout eſpriſe du rapport
Que braue gouuerneur vous conduiſiez au port
Les plus faſcheux deſſeins de la maiſon Royale,
Vous preſente par nous d'vne ame cordiale
Ces lettres, ces doux fruicts, & ceſt habit preſſé,
Pour voſtre fils les fruicts, l'habit tout damaſſé
S'enuoye à Camerie, & à vous, mon grand Prince,
S'adreſſe le pacquet pour dreſſer la Prouince.
Muſt. Où eſt dõc l'Empereur? que dit-on en la cour?
Chre. Riẽ autre, Mõſeigneur, ſinon que iour en iour
Chargee de lauriers la deeſſe Bellonne
Va plus en plus ornant voſtre noble couronne.
Muſtaph. Ie liray ſon eſcrit.
Cam. Gardez vous-en, gardez
Vne ame ſi perfide, & dés gens ſi fardez
Vne occulte poiſon, iettez cela aux flammes,
Ou que par la lecture ils teſmoignent leurs ames.
Muſt. Fort bien, que celuy là nous ouure le paquet,
L'autre gouſte des fruicts, & le tiers au parquet,
Deſploye ceſt habit, pour euiter la fourbe,
Souuent à tels ſouſpçons le plus ſage ſe courbe.
Creſtor. Grand Prince excuſés nous.

Muſt. Faictes ma volonté,
Le menſonge par vous ſe voye en verité.
Creſtor. Et quoy qu'elle poiſon, quelle fraude ſe-
    crette,
Seroit icy cachee en choſe ſi parfaicte?
Ie tremble neantmoins: Ah Dieu! las quel odeur!
Ie meurs, helas! je meurs, on me briſe le cœur,
Ie meurs ſouſtenés moy, la vie helas! me laiſſe,
Ie tombe de douleur, j'eſtouffe de deſtreſſe.
Müſt. Et toy mange ces fruits, devore ta poiſon,
Suy-le, ſeroit trop peu de te mettre en priſon.
Creſtor. Ayez pitié grand Duc, pardonnez ceſte
    offence,
Exercez envers moy la Royale clemence:
Madame, ſauvez moy, d'vn pitoyable bras,
Repouſſez loing de moy ce funeſte treſpas.
Came. Ah! traiſtre mal-heureux ouure ta bouche
    infame,
Ouure donc & apprend de ſuiure telle femme.
Mange dis-je auſſi toſt, ou ceſt acier trenchant
Envoyra tón eſprit chez Pluton tresbuchans:
Cloaque de tout vice, haſte toy, que lon mange
Ou par mort je feray de ta vie vn eſchange.
Teſt. Ah, ah! quelle aconit, quel eſtrange morceau
Me ſerre le goſier, & m'ennoye au tombeau!
I'eſtrangle, helas! j'eſtrangle, & n'y a point de force
Qui puiſſe me tenir, pour neant je m'efforce:
Ie tombe de foibleſſe, de la peſte je meurs,

Tragedie.

Ie suis mort, on ne peut appaiser mes douleurs.

Must. *Pour toy prend cest habit, desploye tout le reste*

De ce qui est caché d'vne charmeuse peste;

Fais tu donc du retif? messprises tu ma vois?

Thynelli. *Pardon, Seigneur, pardon, ò Roy des plus grands Roys,*

Tu peux donner la vie à celuy qui te l'oste,

Ie ne sçay le secret de ce que ie te porte.

Came. *Tu mourras, reuest toy, couure ceste poitrine*

Et reçois le venin, il faut que la ruine

Que tu nous va brassant t'accable peu à peu.

Thynelli. *Las combien mal-heureux! ie brusle à petit feu,*

Ie brusle ô Dieu! voicy la robbe d'vn Centaure,

Ie brusle ainsi qu'Alcide, & ne vois d'Epidaure

Qui esteign... feu: Thisiphone, Ixions

Venez, parques venez, allumez voz tisons.

Ou que cesse bien tost ceste flamme secrette.

A l'aide, helas Thetis! si vne gouttelette

D'vn fleuue ne verses sur ce mien corps bruslé,

S'en est faict, ie suis mort, ie suis ensorcelé.

Must. *Execrable Medee, infame Proserpine,*

Sont-ce là les amours qui sont en ta poitrine?

Mais tost retirons nous, & rendons grace aux Dieux

De contempler encor la lumiere des Cieux.

Thynelli. *Pluton qui gouuernez les trouppes vagabondes,*

Et les feux en souffrez   tenebres profondes
Rauissez moy ceste ame, augmente les demons,
Dauantage on n'endure en vos tristes maisons.
Cerbere! vieux Charon, je meurs, je meurs, j'enrage,
Soly. Et qu'est-ce que i'enté il qui trãsporté de rage,
Appelle les demons, les enfers aux secours?
Rust. Ie croi que vostre fils escumãt cõme un ours,
Et un tygre felon a commis ce carnage,
Car comme ceux icy fidels en grand courage,
Vous venoient aduertir du troubls des Persans,
Qu'ils arment contre vous les voisins plus puissans,
Il les a faict meurtrir par sort, venin & armes.
Soly. Quoy donc, pourquoy ces gens, pourquoy tous
        ces gendarmes,
Rustan, mon cher amy, mettez ordre par tout,
Et faites que bien tost nous puissions voir le bout
De ces seditions: armez vous de courage,
Mettez tous ses mutins au sang & au carnage.
Allez faictes sentir à ses traistres Persans
La force de vos bras & les fers meurtrisans.
Rust. Sire ne doutez point: ou bien la fiere parque
M'enuoira parauant en l'infernale barque,
Ou je feray bien tost voir à ces desloiaux
Combien sera trenchant l'acier de vos couteaux.

                                G

CHOEVR.

O Que je preuois des malheurs,
Desia je fremis plein d'horreurs,
D'horreurs de voisines tempestes
Qui accrauanteront nos testes!
Ie croy que le ciel contre nous,
D'vne façon inopinee
Lancera bien tost son courrous
Par ceste femme destinee.

O que la femme à qui le cœur
Est poussé de quelque rancœur,
Est de beaucoup plus dangereuse
Que n'est la Tygre furieuse!
La peste dans vne cité,
Qui tousiours moissonne & saccage
Durant les chaleurs de l'esté,
Les humains tellement n'outrage.

Fin du second Acte.

ACTE III.

SCENE PREMIERE.

Tachmas Roy de Perse, Ismael, Thalisman,
Thorades, Osman.

Tachmas.

QVel estrange accident a mes sens renuerse?
Quelle couarde peur dans moy s'est eslancé
Depuis que j'ay receu cest impourueu message,
Que Solyman s'armoit? & que bruslant de rage,
D'vn tyrannique effort il vouloit accabler
Tous les Rois ses voisins, & leurs sceptres combler
D'vn desastreux méchef, le tëps ny les Dieux mesmes
N'ont peu me deliurer de ces peines extremes:
L'effroy s'est tellement glissé dedans mes os,
Que je n'ay peu donner relasche ny repos
A mes esprits troublez, tousiours je me bourrelle,
Tousiours je me repais d'vne crainte cruelle.
Desia le blond Soleil sur son char radieux
S'est promené trois fois par ce rond spacieux;
Ia l'aurore trois fois au visage de rose
A du ciel donne-jour la barriere declose;
Ia Phebé chasse-soing trois fois a fait son tour,
Trois fois paracheué son ordinaire cour,
Sans auoir apperceu mes paupieres fermees,

G ij

Ny par vn doux sommeil mes miseres charmées:
Que si d'vn foible effort je tasche repousser
Le penser du malheur qui me vient menacer,
Soudain plus violent je le sens dans mes veines
Decouler, boüillonner, & d'innombrables peines
Me battre nuict & jour, bref il ne reste plus
De sentiment en moy, qui ne soit tout confus.
Isma. Sire, prenés courage, & que seruèt ces plaintes?
Que sert tant vous gesner de si douteuses craintes?
Il faut tousiours qu'vn Roy face luire vn grãd cœur,
Contre tout accident il doit estre vainqueur,
Vostre mal n'est si grand, puis il n'est maladie
Tant soit elle puissante, où on ne remedie,
Laissez là ces ennuis, le temps vous apprendre.
Tach. Ie suis ja tout appris, & que peut en cela
Le temps nous apporter, sinon vne tristesse
De nous voir renuersez, par la main vangeresse
D'vn barbare ennemy? non sans plus long retard
Il conuient obuier à ce prochain hazard.
Thal. Mais encor, Mõseigneur, quel sinistre presage
A si fort accablé vostre vaillant courage?
Quel encombre si grand, semence de soucy,
Vient saisir vostre esprit, & le rendre transsy?
Quel malheur si cruel vous est tant redoutable?
Solyman vous est-il tellement effroyable?
Tach. Quoy doncques?
Thorad. Ia desia dessous ses estendarts
Solyman fait marcher ses robustes soldarts,

Il a tous ses subjects arrangez en batailles,
Il est desia tout prest à saper nos murailles,
Il a fait dans son camp contre nous arriuer
Les peuples qui premiers voyent le soleil leuer,
Pour luy l'Autan se leue, & la douce Hesperie
Luy enuoye la fleur de sa gendarmerie.
En fin on n'apperçoit dans le vague de l'air
Que piques, qu'estendarts, & qu'enseignes voler:
On n'entend que clairons. Les celestes lumieres
Celuy pourroit nombrer & les fleurs printannieres,
Qui voudroit raconter les esquadrons armez
Que conduit Solyman dans son camp renfermez,
Tout le monde fremit, tout le monde s'estonne,
Chacun de nos voisins desia nous abandonne,
Chacun cede à sa force,

Tach. O Dieu que dites vous!

Isma. Solyman donc, Monsieur, s'est armé côtre nous.

Thor. Solyman ja desia le combat se propose,
Desia le fier soldat au butin se dispose,
Il prend tous, pille tous, & comme loups gloutons
Auidement entrez en vn parc de moutons,
Coupe, brise, detrenche, hasche ce qui s'oppose.

Tach. O Dieux, ô Dieux cruels! ô trop indigne chose!
Endurez vous ô Dieux, qu'on rompe ainsi le droit
Qu'on doit à tous pays, qu'à la nature on doit?
Quoy donc il veut encor contre sa foy promise
Que soubs vn joug cruel ma couronne soit mise?
Vous le voyez, ô Dieux, & ne le punissez,

Et d'vn foudre vangeur ſon chef vous ne briſez?
Ie voy bien que des Rois vous n'aués point de cure,
Ie voy bien que tout va cy bas à l'aduenture,
Le ſort gouuerne tout, le bon droict & le bien
N'ont de vous, côme on croit, ny ſupport, ny ſouſtien,
Ie le voy, je le voy.

Thaliſ. Sire voſtre conſtance
Cedra-elle aujourdhuy à vne impatience?
Il eſt temps ſe reſoudre, il faut contre le ſort
D'vne maſle vigueur oppoſer ſon effort,
Monſtrés vous genereux, les Dieux aiment juſtice,
Et pourſuinent à mort le meſchant & le vice,
Ils cheriſſent les bons, & auſsi volontiers
Puniſſent les forfaicts des Monarques faultiers;
Il ne vous faut ainſi contre leur prouidence
Blaſphemer: ains pluſtoſt leur demander vengeance.

Tach. Vengeance, helas! vengeance, ils ſont ſourds
      à mes cris.

Oſm. Mais il faut aduiſer craignant d'eſtre ſurpris,
Car cependant qu'icy en vain on ſe tourmente,
Cependant qu'on regrette, & qu'en vain on lamente,
Solyman à grands pas fait l'armee auancer,
Le danger eſt grand, Sire, il vous y faut penſer,
Le temps nous preſſe fort, & encor dauantage
L'ennemy qui s'en vient tout eſcumant de rage.

Tach. Oſman mon cher amy, je prend ce bon aduis,
Ie veux, je veux chaſſer loing de moy ces ennuis,
Ie ne veux plus long temps me repaiſtre de plaintes,

C'est aßés souspirer, loing de moy ces complaintes;
Vn chef ne doit jamais d'vn trop seruile cœur
A vn premier danger abbaißer sa valeur,
Il doit tousiours s'armer d'vn genereux courage,
Et constant s'oppoßer à tempeste & orage,
Qui les vont menaçant, qui d'vn cœur abbatu
Son ennemy attaque, est demy combatu.

Osm. Sire, cela est vray, quand la mer est bonace,
Et qu'vn affreux Boré les vaißeaux ne menac ,
Qu'Æole a fait les vents dans leur grotte serrer,
On ne peut rien juger d'vn excellent nocher.
Mais quand vn fort orage esleue & masts & voiles
Iusqu'au lambry doré des luisantes estoiles,
Qu'il va contre vn rocher les nauires mouuant,
Alors on recognoist le pilote sçauant.
Or nous voicy, mon Prince, agitez de tempestes,
Voicy vn Aquilon qui va briſant nos testes
Contre vn creux rocher, il vous faut dextrement
Regir le gouuernail contre l'effort du vent.

Tach. Compagnós, si l'amour qu'on doit à sa patrie,
Dans vos ames encor n'est du tout aßoupie,
Et si dans voſtre ſein loge vn cœur genereux,
Sus faites le cognoistre en vn temps si douteux;
Car sans voſtre valeur & sans voſtre prudence,
C'est faict, c'est faict de nous & de noſtre semence.

Ismael. Pour moy je ſuis tout prest du sommet de
ces tours,
Pour vous rendre ſeruice à terminer mes jours.

Thal. Moy pour garder l'hõneur de ma natale terre,

Et pour vous, Sire, aussi, j'yray premier en guerre.

Thora. Ie trépercy plustot cêst acier dans mon sein
Que je n'aille vengeant ce perfide dessein.

Osm. Plustot le juste Ciel sur moy lance son foudre
Que je laisse ma terre ainsi reduire en pouldre,
Commandez seulement.

Tach. Mes amis je cognoy,
Le grand desir qu'avez de combattre pour moy,
Courage compagnons, monstrons à la patrie
Que son honneur nous est plus cher que nostre vie.
Monstrons à ceste fois que ce tyran felon
N'a plus que nous de cœur, moins encor de raison
D'attaquer vn pays joinct à luy d'alliance
Faisons luy ressentir le tort de ceste outrance.
Thalisman faictes vous lever de toutes parts
Sans plus long temps tarder grãd nombre de soldarts,
Hastez vous, le delay pourroit estre nuisible.

Talis. Ie feray en cela ce qui sera possible,
Tenez vous asseuré tousiours de mon devoir,
Car je n'obmettray rien qui soit de mon pouvoir,
Ie m'en vay tout soudain.

Tach. Allez, Dieu vous conduise
Et bien-heure vos pas d'vne heureuse entreprise,
Nous autres ce pendant allons nous disposer,
Allons prendre l'armet, la cuirasse endosser,
Afin que l'ennemy ne nous puisse surprendre,
Allons mes bons amis.

Osm. Allons, sans plus attendre

SCENE

SCENE SECONDE.

Thorades seul.

Mon esprit est flottant entre mille discours,
La crainte & le desir me côbatêt tousiours,
Tousiours en moy je sens vne guerre allumee,
Plus je veux l'assoupir, plus elle est enflammee,
Tâtost l'vn est vainqueur, tâtost l'autre est vaincu,
Et le vaincu apres du vainqueur conuaincu
La victoire remporte, en fin la gloire est vne
A ces deux combatans, & la palme commune;
A quoy me resoudray-ie en ce combat diuers,
Qui broüille mon esprit & le jette à l'enuers?
La pœur que Solyman ne renuerse nos armes
Par la forte valeur de ces braues gendarmes,
Me conseille ranger dessouz ces estendarts.
Voila le vray moyen d'euiter les hazarts.
Mais d'autre part aussi le desir qui me porte
A sauuer mon pays, sur la crainte l'emporte:
Que feray-ie en cecy? chasseray-ie l'amour
Que j'ay porté tousiours à mon natal sejour?
La crainte du trespas aura-elle la force
Sur mon propre deuoir? il faut que je m'esforce
De chasser loing de moy ceste coüarde pœur,
Qui trop me chatoüillant s'est glissé dans mon cœur,
Non non, j'aymeroy mieux voir la terre se fendre
Pour engloutir mô corps au plus creux de son vêtre,
Que de vouloir jamais, mon pays contre toy,
D'vn perfide forfait trahir ainsi mon Roy.

Ie veux, je veux mourir au combat honorable,
Ou deliurer ton chef du fardeau qui t'accable.
Le mespris de la mort pour sa terre vanger,
Au rang des immortels les mortels fait ranger.

Caph. O desastre! ô meschef! ô la triste aduenture!
O sort trop malheureux! ô fortune parjure!
O Perse infortunee!

Thorad. D'où vient cest homme icy?

Caphet. Helas tout est perdu!

Thorad. O Dieu, qu'est-ce cecy?
Mon amy où vas tu? dy moy je te supplie,
Quel malheur va gesnant ta miserable vie?
Pourquoy lamentes tu?

Caphet. Helas c'est fait de nous,
Le ciel à ceste fois a lancé son courrous.

Thor. Mais encores dy moy quel miserable esclādre
Est venu depuis peu sur nos testes descendre?

Caphet. Monsieur, tout est perdu, l'ennemy plein
d'horreur,
Estincellant d'audace, escumant de fureur,
Me poursuit à grands pas, personne ne fait teste,
Il roule tout ainsi qu'vne horrible tempeste;
C'est pitié que de voir regorger les ruisseaux
Du sang de nos soldats qui gisent à monceaux
L'vn sur l'autre entassez dedans la ville prise,
Que le fier ennemy cruellement maistrise;
C'est grand pitié de voir les longs gemissemens,
Les sanglots redoublés, & les grands hurlemens

Que jettent dans le ciel autour des funerailles
Ceux que l'aage & le sexe exemptent des batailles,
Chacun fremit de crainte, & les peuples troublez
Attendent leur ruine en cent lieux assemblez.
Thora. Quoy l'ennemy s'est-il emparé de nos places?
Caph. Vn chacun est contraint ceder à ses audaces,
Et si le Roy n'est bien de gendarmes pourueu,
Il se verra bien tost de son throsne decheu.
Thorad. O grands Dieux, qui tousiours maintenez
      cest Empire,
Ne le vueillez ainsi par ce tyran destruire,
Seruez luy de soustien, prestez luy vostre main
Pour se vanger du tort de ce Prince inhumain,
Vous cognoissez son droit, n'endurez que le vice
Opprime les vertus, & le tort la justice.
Caph. Monsieur, il n'est pas bon de tant icy tarder,
Nous pourrons en tardant nostre vie hazarder.
Retirons nous d'icy sans plus longue demeure,
Allons le Roy trouuer, afin que toute à l'heure
Il range, diligent, son armee au combat.
Thora. Allons, je voy desia de leurs armes l'esclat.

SCENE TROISIESME.

Ruftan auec son armee.

VN tas donc de coquins, vn tas dõc de canailles
      Penseront arrester couuerts de leurs murailles,
Le cours de nos exploicts, que le Tygre impiteux,
Ny le Roc Niphatois, ny le Toreau negeux,

Ny l'Euphrate bruyant conjurez n'ont peu rompre?
Pensent-ils donc ainsi se sauuer de l'encombre
Que je leur vay gardant? ils sçauront à regret
Quel proufit peut porter vn dessein indiscret:
Ie leur apprendray bien qu'vn autheur de malice
N'est long temps impuny d'vn si grand malefice.

Bod. Môsieur, ils sôt à nous, ils sont pris de nos rets,
La proye ne sçauroit eschapper nos filets:
Le cerne est trop bien fait, les toiles bien tenduës,
Ils ne peuuent s'enfuir, les bauges sont cogneuës:
Mais il ne faut pourtant sur cela s'endormir,
Il faut bien se garder leur donner le loisir
De reprendre courage, il faut, il faut les suiure,
Il faut charger dessus & leur fuite poursuiure.

Proteg. Que tardons nous icy? pourquoy donc lais-
sons nous
Attiedir la chaleur de nos boüillants courrous?
Arriere tout delay, suiuons, suiuons la trace,
Et leur faisons sentir nostre guerriere audace.

Ziget. Iamais nostre ennemy ne nous resistera,
Ains comme vn cerf peureux deuât nous s'enfuira,
Que nous reste-il? sinon qu'à suiure la victoire,
Il nous cede desia le laurier & la gloire.
Poursuiuons, poursuiuons vistement ces fuyars.

Rust. Ie cognoy vostre cœur, magnanimes soudars,
Compagnons, mes amis, ie vois la grande enuie
Qui vous pousse au combat prodiguer vostre vie:
Or sus courage, allôns attaquer ces coüards

Ouurons leurs estomachs de nos fers & nos dards;
Hachons tout, brisons tout, faisans que la cãpaigne
Dans le perfide sang des ennemis se baigne,
Faisons que ce rebel percé de part en part
Apperçoiue mourant foudroyer son rampart:
C'est trop tarder icy, marchons tost le combattre,
Ie le voy qui attend d'vn cœur opiniastre.
Allons tost, il nous fasche vn si long temps tarder.
Rust. Sus donc trompette fais ton clairon resonner:
Ah destoial! il faut que ma main vengeresse
Te face aller là bas raconter ma proüesse.
Tach. Ie te feray bien tost autrement haranguer,
Auance, & tu voiras tes menaces changer.
Bataille. Courage mes amis, la victoire est acquise
Poursuiuez, poursuiuez, ils nous quittent la prise.

SCENE QVATRIESME.
Tachmas, Ismael.

Tach. NOus voila donc vengé de ce traistre
cruel,
Qui pensoit ne trouuer onc à soy de pareil,
Il pensoit nous dompter de sa seule arrogance,
Il pensoit renuerser de sa voix ma puissance,
Mais il sçait à son dam qu'en vaut le repentir.
Qu'il vienne vne autrefois nostre terre assaillir,
Qu'il vienne encor poussé d'vne pareille audace
Affronter dans nos champs la Persienne race.
Ie croy certe qu'il est pour vn long temps appris,
Ie croy mesme que Dieu justement l'a permis

Pour abbaisser l'orgueil de ce superbe Prince,
Qui sembloit menacer la celeste prouince:
Mais nous n'auons encor qu'a demy combatu,
L'ennemy n'est encor totalement vaincu.
Le chef est eschapé: seroit-il raisonnable,
De laisser impuny ce Prince detestable?
Il ne faut, il ne faut descourir nostre dos
Du corselet brillant, ny prendre de repos.
Que premier il ne sente sur sa coupable teste
De nos armes tomber vne horrible tempeste.

Isma. Quoy? n'a-il point assez resenty nostre effort?
Tach. Nõ nõ, car il deuroit sur la plaine estre mort.
Isma. La mort termineroit le malheur qui l'accable.
Tach. Son mal-heur n'est si grand qu'il ne soit sup-
    portable.
Isma. Quel encõbre plus grand peut-il onc receuoir.
Tach. De se sentir deschen de tout humain espoir.
Isma. Il ne peut qu'esperer apres telle deffaite.
Tach. Il a dans son pays sa certaine retraite.
Isma. Croyez vous qu'il osast en sa Cour retourner.
Tach. Il ira pour encor Solyman animer.
Isma. Son mal-heureux succés ne luy sert point d'a-
    morce.
Tach. Son Roy peut retourner auec nouuelle force.
Isma. Il ne s'oseroit pas hazarder aux combas.
Tach. Hé! qui l'empescheroit?
Isma. La crainte du trespas.
Tach. Le dãger bien sonnét les humains encourage.

Isma. *C'est pourquoy il ne faut le presser danantage.*

Tach. *Ouy mais, nous le pouuons surprendre au*
    despourueu.

Isma. *Croyez vo° qu'il ne soit de gës encor pourueu.*

Thal. *Sire, contentés vous d'auoir de vostre terre*
Repoussé l'ennemy qui vous menoit la guerre,
Ne vous allez ainsi tant de fois hazardant
Vn combat indiscret nous iroit tous perdant.

Tach. *Vn Monarque vaillât ne sçauroit assés faire*
Ny deuoir, ny effort pour l'ennemy deffaire,
Nous contenterions nous de le battre à demy?

Thal. *Celuy a tout vaincu qui n'a rien contre luy,*
Il se gardera bien de rien plus entreprendre,
Sinon pour son pays & son sceptre deffendre:
Sire, ne soyez tant aux armes enflammé,
Attiedissez vn peu vostre cœur allumé
De Martialle ardeur.

Tach. *Rien ne m'est difficile,*
Il n'est danger si grand qui ne me soit facile.

Osm. *Sire, il vous doit suffire estre à present vain-*
    queur,
Craignant de faire eschange au mal vostre bon-heur.
Il ne faut pas ainsi desfier la fortune:
Mars est fort dangereux, encor plus que Neptune.
Tousiours en mesme endroit l'heur ne s'arreste pas,
L'inconstance souuent luy faict glisser ses pas.
S'il vous a iusqu'icy fait reluire sa face,
C'est alors qu'il nous faut craindre plus sa disgrace:

Esleue, bien souuent esprouuent sa rigueur:
Plus elle monte en haut, & plus elle rabaisse,
D'inconstance tant a l'inconstante Deesse.
Tach. Mais qui est cestuy-cy que je vous approcher?
Thorad. Il mostre à sa façon estre quelque estráger.
Ambass. de Malt. Sire, nostre grand maistre esmeu
　　de la nouuelle,
Que vous auez acquis vne gloire immortelle
Par vos bras indomtés, ayant de Solyman
Les soldats terrassé, qui venoient vous battant
Iusque dans le milieu de vostre grand Empire,
Et qui vouloit en fin vostre terre destruire,
Ayant, dis-je, entendu vostre vaillant renom,
S'est voulu joindre à vous, pour estre compagnon
De vostre Majesté, puis aller dans la terre
De Solyman vaincu renouueller la guerre:
Ne le refusés point, vous auriés du regret
De refuser ainsi vostre amy, qui est prest
De venir vous trouuer, pour de communes armes
D'vn ennemy commun assaillir les gendarmes,
Voila le seul subject qui me conduit icy.
Tach. Vostre maistre a-il donc desia ma gloire ouy?
Ambass. Il l'a fait, & en est tout remply d'allegresse
D'entendre ainsi par tout briller vostre prouesse.
Tach. Mais a-il comme moy Solyman ennemy?
Ambass. Solyman a desia sa vaillance senty:
Quand d'vn trop foible effort il vint pour nous sur-
　　prendre,

Taſchant Malte forcer, ou bien la faire rendre.

Tach. *Quoy vous l'aués auſſi en bataille desfaits?*

Ambaſſ. *Nos champs teſmoigneront les genereux*
  effets

De nos braues guerriers, qui d'vn vaillant courage

Les ont fait ruſſeler de ſang & de carnage

Des ſoldats ennemis, & ſur tout reluira

L'incroyable valeur que chacun admira

En noſtre conducteur, qui comme vne tempeſte

Detranchoit, decoupoit tout ce qui faiſoit teſte.

Tach. *Il péſoit bien auſſi d'vn tout ſemblable orgueil*

Mon ſceptre & ma couronne ennoyer au cercueil:

Mais il eſt fort trompé: tel penſe ſouuent prendre,

Qui vient dedans les mains de l'ennemy deſcendre,

Voſtre maiſtre a-il donc des ſoldats preparé?

Amb. *Il a ſes garniſons par les villes doublé,*

Fortifié ſes forts, bien remparé les places,

Pour mieux contrecarrer les guerrieres audaces

De l'ennemy mutin, & ce qui vaut le plus

Il a des Cheualiers vn grand nombre confus,

Plus courageux que Mars, plus redoutés qu'Achille,

La Grece n'en eut qu'vn; il en a plus de mille.

Thora. *Sire, ne differés à prendre ce party,*

L'occaſion eſt belle, & ſ'elle reüſſy,

Vous vous voirés bien toſt orné d'vn diadeſme,

Qui regira ſoubs vous la terre & l'onde meſme.

Amb. *Sire, vous plaiſt-il donc en ce cas aduiſer?*

Tach. *Mon amy, je ne veux plus lõg temps y penſer,*

I'accepte volontiers l'offre de voſtre maiſtre,
Qu'il me tienne ſa foy, & qu'il ne me ſoit traiſtre:
Pour ce qui eſt de moy, j'atteſte le ſoleil,
I'atteſte tous les Dieux qui ſont dedans le ciel,
Ie garderay touſiours ceſte promeſſe ſainᧆe,
Iuſqu'à tãt que mon ame en mon corps ſoit eſteinte.
Amb. Quant à moy de ſa part je vous aſſeure auſſy,
Qu'il ne rompra jamais ceſte alliance-cy.
Tach. Allez donc viſtement dire que je luy mãde,
Qu'il auance   rands pas ſa valeureuſe bande.
Ie ne manqueray point de l'aller rencontrer
Au premier de ces jours ſans plus long temps tarder;
Vous luy direz auſſi, qu'humble je le ſaluë,
Attendant que bien toſt je verray ſa venuë.
Amb. Sire, je m'y en vay de ce pas viſtemens,
Pour luy faire ſçauoir voſtre contentement,
Tach. Cõpagnons, je voy biẽ que le ciel nous careſſe,
Et que pour noſtre bien ce meſſage il adreſſe,
Sans doute il nous cherit.
Ambaſſ. O Dieu, qu'eſt-ce cecy!
Quel effroyable bruit me vient troubler icy?
Tachm. Mais j'entend, ce me ſemble, vn ſon eſpou-
    nantable.
Amb. Où m'iray-je cacher? ô pauure miſerable!
Tach. N'enten-je pas le ſon des trompettes aſſreux?
Thaliſ. Voicy le Cheualier qui reuient tout peureux?
Tachm. Grands Dieux où ſommes nous! vne glace
    ſoudaine

S'eſpand dedans mon corps & va de veine en veine:
Ie tremble, je fremis.

Ambaſſ. *Voicy voſtre ennemy,*
Eſcumant de courroux, & de rage bouffy,
Qui s'en vient recherchant vne horrible vengeance.

Tachm. *Sus, ſus, toſt armons nous, mettons nous en*
   defence:
Aux armes compagnons, il faut vaincre ou mourir,
Il faut en ce combat, ou nos trauaux finir,
Ou terminer nos jours: ceſte plaine ſanglante
N'a encor aſſouuy' ſa poiɛtrine beante.
Il faut que dans le ſang elle boüillonne encor
Parauant que Phebus cache ſa teſte d'or
Dans les flots Nereans.

Iſmael. *Ne perdons pas courage,*
Son empire auiourdhuy nous aurons en partage,
Rangeons nous, les voicy.

Solym. *Vous voila donc coquins,*
Oſez vous contre moy leuer vos bras mutins?
Ie vous feray ſentir ce que peut ma puiſſance,
Soldats donnons deſſus, ſuiuez moy, je deuance.

Bod. *Marchõs toſt cõpagnõs, au milieu des hazarts,*
Il nous faut vaillamment ſuiure nos eſtendarts,
Le Roy marche premier.

Tachm. *Approche, approche traiſtre,*
Ie feray les oiſeaux de ta charogne paiſtre.

Soly. *Si je te puis atteindre auec ce coutelas,*
Ie t'ennoiray porter tes menaces là bas.

SCENE CINQVIESME.

Solyman victorieux, Rustan, Boderic.

Soly. AH ruſtres je vous tien, ie vous tien
mes rebeles,
Ie vous tien mes mutins, mes traiſtres infideles:
Vous auez donc oſé vous leuer contre moy?
Vous auez donc oſe rompre ainſi voſtre foy?
O pauures inſenſez! & penſiez vous que j'euſſe
Vn cœur ſi caſanier? penſiez vous que je fuſſe
Si poltron, ſi remis, d'endurer me trahir?
S'armer encontre moy, & ne m'en reſſentir?
Et toy ſur tout perfide abominable Prince
Tu as contre ta foy reuolté ta Prouince?
Deſloyal que tu es! recognois tu ainſi
Les bien-faiſts de ma main, le ſoing & le ſoucy,
Dont j'ey par tant de fois honoré ta Couronne?
Tu fuſſes ja long temps la proye de Bellonne,
Si ma dextre ne t'euſt de l'orage tiré,
Que ton fier ennemy t'auoit ja preparé:
Et pour t'auoir bien faiſt tu me rends vne injure,
Pour t'eſtre trop fidel, tu te monſtres parjure;
Pour auoir releué ton Empire tombant,
Tu vas perfidement mon Empire accablant.
Mais ta force eſt trop foible: vn rocher ne s'eſtonne
Quoy que l'onde par fois ſur ſa teſte bouïllonne,
G. Aga. Ils ſont, ils ſont punis, & ces glaiues tran-
chans,
De leurs corps moiſſonnez fertiliſent les champs.

Bod. *Sire, ils ne sçauoient pas qu'en tout temps de*
voſtre aage

Vous auiez au combat fait preuue de courage.

Sala. *Ils ont veu, mais trop tard, que peut voſtre*
valeur,

Ils ont ſceu à leur dam, que vaut voſtre grandeur.

Soly. *Ils penſoient animés d'vn petit vent de gloire,*

M'auoir deſia rauy vne entiere victoire,

Mais j'ay bien faict changer ceſt eſpoir deceuant,

A vn triſte meſchef qui les va pourſuiuant.

Sala. *Vous pouuez maintenant viure en toute aſ-*
ſeurance.

Soly. *Toutesfois je me ſens touſiours à mesfiance.*

Salad. *Auez vo⁹ peur encor d'vn ennemy vaincu?*

Soly. *Ie n'ay peur de celuy qui eſt mort eſtendu.*

Sala. *Quel autre oſeroit plus côtre vous entreprêdre?*

Soly. *Ie crain que Muſtapha ne me vienne ſur-*

Salad. *Muſtapha voſtre fils?*   (prendre,

Soly. *Muſtapha me faict peur.*

Salad. *Muſtapha voudroit-il trahir ſon geniteur?*

Soly. *Ie croy que le Perſan au vœu de ſa requeſte*

Contre moy s'eſt armé, penſant par ſa conqueſte

Mon Sceptre me rauir, mais s'il eſtoit ainſi,

Si je penſois qu'il euſt excité ce party:

Ie jure par les Dieux de l'ombreuſe cauerne,

Les demons enſouffrez de l'infernal Auerne

Ie puniroy bien toſt ce monſtrueux forfait,

Toſt ou tard ie ſçauray touſiours ce qu'il a fait.

G. Aga. Pour moy je ne croy pas qu'vn Prince tant
 aimable,
Cache souz vn beau front vn cœur si detestable.
Bode. Les hommes sont peruers, souuent leurs dou-
 bles cœurs
Se voilent meschamment de visages trompeurs.
Soly. Ie ne veux pas pourtãt le blasmer de ce crime,
I'ay tousiours eu de luy vne meilleure estime.
Il ne la faut ainsi par vn leger soupçon
La chasser loing de moy, ce n'est pas la raison,
Il faut que parauant la verité je sache.
G. Ag. Vous la sçaurez bien tost encor qu'on vous
 la cache.
Soly. Or quans à ces meschans qui se sont reuoltez,
Et qui pour me combattre ont leurs terres quittez.
Ie veux faire leurs corps pourrir sans sepulture,
Et leur nom rendre infame à la race future.
Que si quelqu'vn s'aduance à les faire inhumer,
Qu'il s'asseure bien tost ma colere esprouuer,
Fut-il mon propre enfant, vous soldats prenez garde
Que mes commandemens personne ne retarde.
Soldat. Sire, j'y auray soing.
Soly. Allons donc au Palais,
Nous auons en ce lieu trop tardez desormais.

CHOEVR DES SOLDATS,
victorieux, de l'Empereur.

ALlons maintenant soudars
  Au Dieu Mars
Presenter vn sacrifice,
Qui contre les efforts
  Des plus forts,
S'est faict voir à nous propice.

Il nous a monstré, sauueur,
  Sa faueur,
En la sanglante campaigne,
Où l'ennemy maintenant
  Est gisant,
Et qui dans son sang se baigne.

Qu'il puisse tousiours ainsi
  D'vn soucy,
Seconder nostre Monarque,
Iettant l'ennemy peruers
  A l'enuers
Dans la Charontide barque.

Fin du troisiesme Acte.

ACTE IIII.

SCENE PREMIERE.

Achomat, Thorimel, Hydramech.

Achom. O Iour des plus beaux jours, la prime
des journees,
Bel œil qui va dorant les mois & les annees,
Combien de joye en moy retourne de te voir,
Pour les maux que m'ont fait ceste nuict recevoir
Les songes importuns, qui de visions sombres
M'offroient devant l'esprit mille tristes encombres.
Helas! si les broüillards des solitaires nuits,
Qui ne donnent jamais relasche à nos ennuis,
Nous tesmoignent tousiours un malheureux presage,
Lors que sur les grands maux lon espere advantage.
Que n'ay-je veu, helas! amy, tout est perdu,
Par un songe je suis de peur tout esperdu.

Thorimel. Quel prodige nouveau vous blesse la
poitrine?
Et vous troublant les sens en vostre esprit domine?

Achom. Ma perruque se dresse en la mesme façon
Que le dos irrité d'un sauvage herison,
Mes sens sont estourdis, & l'ame me tremblotte
Ainsi qu'en l'Ocean des navires la flotte,
Lors que la vague esmeuë abboye se battant,

Bien

Bien que l'air appaisé soit demy languissant,
Et que le Nort oisif corrige ses querelles:
Ainsi je sens tousiours des atteintes bourrelles
D'vne peur vehemente en mes os se ranger,
Or que je sois absent du funeste danger.

All. D'où procede, grãd Chef, ceste soudaine crainte?
De grace, d'où vous vient ceste mauuaise atteinte?
Qui vous va tellement rauissant le repos,
Vos veines de leur sang, de moüelle vos os?

Achoma. Laissez moy, je vous pry, vous me met-
     tez en peine,
Il faut que celuy-là qui m'a glacé la veine,
Retourne plus benign, allez, retirez vous,
Peut estre qu'estant seul, contre l'espoir de tous,
Il changera l'aigreur des plus tristes pensees,
Qui se sont ceste nuict en mon ame amassees.
Doux sommeil enchanteur des maux plus soucieux,
Que tous les animaux trouuent si gracieux:
Sommeil, tres-doux sommeil, qui tient enseuelie
Auec les sentimens toute melancolie:
Sommeil que j'ay trouué quelquefois si plaisant,
Serez vous derechef ceste fois si cuisant?
Venez, changez de face, & qu'vn tout autre songe
M'apporte verité, rejette le mensonge.

Sommeil. Delaissant le palais du Prince Latmien,
Qui charmé de ma verge au mont Ionien,
Aime là mieux ronfler que jetter vne œillade
Vers ce flambeau luisant quand ce monde il regarde.

                                K

Achomat, le grand Roy qui regit l'vniuers,
Tissant lauriers aux bons, & la peine aux peruers,
M'a commandé venir t'oster toutes lumieres,
Et reserrer aussi tes languides paupieres:
N'espere pas pourtant que par ce tien repos
Tu chasses le malheur, ou allege tes os
Tout rongez de soucy, j'entend bien que tu dorme,
Si faut-il neantmoins que le malheur enorme
Te soit cognen par moy: tu sçais bien que tousiour
Ie t'ay representé tout l'estat de la cour.
Il repose: voila qu'il souffle de sa bouche
La panchante douleur qui de plus prés le touche.
Venez songes diuers, troublez moy ce cerueau
De frayeur & d'effroy: monstrez luy à monceau
Tous les maux suruenans: C'est assez de demeure,
Il faut seruir à d'autre, on m'attend à ceste heure:
De plus s'il s'esueilloit tout coulant de sueur,
Il chargeroit sur moy les effects de sa peur.

Achomat. Las! qu'ay-je ven encor beaucoup plus
      effroyable?
Vn horrible phantosme, hideux, espouuantable
S'est monstré deuant moy: ce songe ne peut pas,
Qu'il n'augure bien tost de quelqu'vn le trespas;
Ie suis confus d'horreur, je ne suis qu'vne glace,
Vne froide sueur tombe dessus ma face:
Ie suis pareil à ceux qui des maux abbatus
Regardent ça & là comme gens esperdus,
Car l'esprit, la memoire, & le sens m'abandonne,

Que suis-je, où suis-je donc, je ne cognoy personne.

SCENE SECONDE.

Solyman, Roxelane, trois Fils, Soldats.

Sol. C'Est assés, Solyman, entre crainte & espoir,
  Assés, Assés flotté pour onc de mieux auoir
D'vn si proche méchef, c'est trop, c'est trop d'ombrage
Admettre en son esprit d'vn si prochain orage :
Hé quoy ? pourray-je donc permettre qu'vn tyran,
Qu'vn mien fils, ja non fils, trahisse l'Othoman ?
Qu'il arme les Persans ? reuolte l'Armenie ?
Se bande contre moy ? me desrobe la vie ?
Quoy ? mon aisné, mon sang, mon image, mon cœur,
Celuy qui triomphant j'ay declaré vainqueur
De tant de nations ? qu'il prouoque son Prince,
Qu'il arme enuers le Roy sa plus noble Prouince,
Qu'il aille, Roxelane, abbaissant tes enfans,
Et attirant à soy mes Bassas plus puissans
Pour ce sceptre rauir, fouler ce diadesme,
Contraindre l'Orient d'vne force supreme ?
Non, non, plustot le Ciel au Manes seruira,
Plustot l'enfer, plustot sans tenebres sera,
Ie jure par ce Sceptre & les gouffres auides,
Qui remplissent d'horreur les eaux Acherontides,
Tu en mourras, jamais autre dedans ton flanc
Ne puisera que moy ton execrable sang :
Toutefou c'est ton fils, ta douce geniture ?
De qui pere cruel de qui auras tu cure ?

Ie suis tout incertain à guise d'vn vaisseau
Que Boree & l'Autan vont battant dessus l'eau,
Ie ne peux me resoudre, & mon ame peu franche,
Tantost de ce costé, tantost de l'autre panche.

Roxe. Vous doutez donc encor de ce traistre inhu-
   main,
Pensés vous eschaper de sa meur triere main?
Si vous n'allés bien tost ce perfide courage,
Accablant tristement d'vn preuenant orage,
Il faut te deliurer d'vn brutal ennemy.

Soly. Mais helas, c'est mon fils, c'est moy-mesme
   demy.

Rox. Appellés vous vn fils qui meschâment auide,
Veut dans vous enfoncer vn glaiue parricide?

Bajaz. Celuy qui veut iouyr d'vn fauorable sort,
Doit ses iours asseurer des flesches de la mort,
Mon pere il est meilleur d'vn traistre vous desfaire,
Que de craindre tousiours son acier temeraire.

Selin. Pour regner en repos & seul tout posseder,
Craignez vous d'vn meschant le trespas hazarder?
Il n'y a tel mal-heur que perdre son Empire,
De perdre aussi la vie, est encore bien pire.
Monseigneur, obuiez à ce present mal-heur.

Soly. Quoy mon fils Mustapha?

Rox. Mais ce n'est qu'vn voleur,
Vn voleur de Royaume.

Soly. Et que crains tu mon ame?
Qu'as tu peur? n'est tu vn dessoubz la froide lame

Ce perfide enuoyer? ce traistre desloyal
Qui se veut emparer de ce bandeau Royal?
Sus, sus efforce toy, tost qu'on me l'aille prendre.
Qu'on me l'attraine icy sans plus long temps attẽdre.
Non, non, il ne faut pas d'vn amour paternel
Caresser maintenant vn ennemy rebel:
Il faut, il faut monstrer vn resolu courage
A punir sur son chef sa fureur & sa rage.
Enfans retirez vous, pour moy je ne veux pas
Vos yeux ensanglanter d'vn si triste trespas:
De peur que vostre cœur encor foiblet & tendre
Succombe en le voyant au supplice descendre.
Soldats. Allons viste, marchons.
Must. Ie ne recule pas.
Rox. Le voicy, le voicy qu'ils emmenent par le bras.
Soly. Amenez, attrainez ceste maudite engeance,
Que sentir je luy face vne horrible vengeance.
C'est donc toy scelerat, abominable enfant,
C'est donc toy qui apres t'auoir faict triomphant,
D'vn cœur plus qu'inhumain veux mon Sceptre de-
    struire?
Quoy tu me veux rauir & la vie & l'Empire?
Moy qui te l'ay donné? n'as tu point de soucy
De ce nom paternel ny de l'amour aussi
Vn Lion furieux, vn Tygre sanguinaire
Vit plus humainement en son antreux repaire,
Car encor' qu'ils ne soient respirans que fureur
Vn tel faict toutesfois ils auroient en horreur.

K iiij

Mais toy serpent infect, detestable courage,
Tu n'as point de respect de ton propre lignage,
Me vouloir ma couronne & ma vie emporter,
Ie t'en feray bien tost vne autre remporter:
Ostés luy cest habit, ostés luy ceste pourpre,
Ie ne veux que son sang cest ornement empourpre,
Cest ornement Royal, qu'il a par son forfaict
Prophané meschamment d'vn parricide faict.

Must. Mon pere helas!

Soly. Celuy que pere tu appelle,
N'est pere monstrueux d'vne beste cruelle.

Mustaph. Mon Roy!

Soly. Penses tu donc que ce sainct nom Royal
Te doiue guarantir de ton malheur fatal?

Mustaph. Mon Seigneur!

Soly. Tu sçauras bien tost, combien de force
A ce nom de Seigneur contre toy, qui s'efforce
Ce tiltre m'arracher.

Mustaph. Mon iuge!

Solyman. Tu dis bien,
En ce temps, en ce lieu ce seul nom me conuien.
Mais ne me pense icy retarder de tes plaintes,
Ie ne veux m'amuser à ouyr tes complaintes.

Must. Mon Pere, voulés vous ainsi me refuser,
Ce qu'vn moindre subject peut de vous desirer?
Voulés vous condamner ainsi mon innocence,
Sans auoir parauant recogneu mon offence?

Sol. O le sainct personnage, ô le gentil enfant,

On a tort de l'aller de ce crime accusant,
Il ne pensa jamais à telle forfaicture:
Mais cuideroit tu bien euiter la torture
Par ces pipeurs discours? non, non, ta cruauté
Portera tout soudain le guerdon merité,
Tu as beau haranguer, ta mort est resolue,
De tant de vains discours la parole est perduë.

Must. Mõ pere, pour le moins si d'vn cœur paternel
Vous ne voulez ouyr voſtre fils criminel,
Criminel ah! non pas, grands Dieux, je vous atteſte,
Vous, qui seul cognoiſſez le droiſt que je proteſte:
Criminel ah! pluſtot ceſte belle clarté,
Pluſtot le blond soleil soit de moy eſcarté:
Criminel ah! pluſtot ouure moy ta cauerne,
O Plutõ, & m'engouffre au plus creux de l'Auerne.
Quoy vouloir la couronne à mon pere rauir?
Vouloir d'vn tel forfait meſchamment me honnir?
Non, non, je n'ay le cœur d'vne tygre sauuage,
Ie n'ay le cœur remply de fureur, ny de rage
Pour cõmettre vn tel faiſt: de mille & mille efforts
I'aimeroy mieux souffrir l'horreur de mille morts,
Que vouloir perpetrer semblable felonnie.

Soly. Mais crois tu que cela te sauuera la vie?
Crois tu par ce discours ton tourment euiter?
C'eſt en vain que tu taſche au pardon m'exciter.

Must. Que si vous ne voulez cõme pere m'entẽdre,
Comme Iuge veuilliés ce peu de moy apprendre.

Soly. Apprendre? quoy de toy, monſtre prodigieux.

Infame que tu es? ofes tu à mes yeux.
Ce langage auancer?

Muſtaph. Par ce doux nom, de pere,
En qui ſeul je me fie, & en qui ſeul j'eſpere.

Soly. Par ce nom que tu as ſi long temps meſpriſé,
Que ta felonne rage a preſque renuerſé.

Muſt. Par ce nom d'Empereur à chacun ſecourable!

Soly. Aux traiſtres cõme toy je le rend redoutable.

Muſt. Par l'equité des loix!

Soly. La loy ne permet pas
Qu'on ſe laiſſe fleſchir aux emmiellez appas
D'vn langage fardé.

Muſt. Par ce ſainct diadeſme!

Soly. Que tu prophanes ſeul par ta fureur extreſme.

Muſt. Par ce gage de foy, ceſte royalle main!

Soly. Qui te fera punir de ton crime inhumain:
Byzance contre toy ſon ſecours me demande,
De tant de mes ſubjects c'eſt l'vnique demande;
Chacun veut, chacun cry' que ma main contre toy
S'arme d'vn juſte foudre & d'horreur & d'effroy,
Auſſi je le feray, pluſtot que ma clemence
Te donne le ſubject d'vne pareille offence;
Empoignez-le, ſoldats, retirez-le d'icy.

Muſt. Parauant que mourir, ottroyez moy cecy,
Ie requiers ſeulement quelque peu de demeure,
Helas! donnez la moy parauant que je meure,
Ne me refuſez point ce mien petit deſir,
Pour dernier faites moy ceſt extreme plaiſir.

Soly.

Soly. *Pour brasser quelque mal ce retard tu demãde,*

Mais en vain tu me fais ceste vaine demande.

Mustap. *Las! quel mal vous peut faire vn si petit*

retard?

Soly. *Puisse ou non, quãt à moy j'euitray le hazard:*

Prenez, prenez, soldats, & que tost on l'ennoye

Prendre de Phlegeton l'espouuantable voye.

Must. *Qu'on fasse ainsi mourir vn fils aisné de Roy*

Contre tout droict humain, contre la saincte loy!

Solym. *Tuez, tuez ce traistre, & n'ayez point de*

doute,

L'ennemy qui est mort jamais on ne redoute.

Must. *Ah! je meurs, mais helas! le grand Dieu juste*

& fort

Vangera quelque jour mon innocente mort.

Soly. *En fin le voila pris le meschant, le perfide,*

Qui sut de m'offenser si chaudement auide,

Il seruira d'exemple à la posterité,

De m'auoir tellement, son pere, despisé.

C'est ainsi, c'est ainsi que d'vn juste tonnerre,

D'vn foudroyant esclat les coupables j'atterre:

M'attaque qui voudra, je luy feray sçauoir

Ce que peut d'vn grand Roy le redouté pouuoir,

Rox. *Sire, le ciel vangeur vos desseins favorise,*

Et conduit à bon port toute vostre entreprise,

Il fait que ce meschant reçoive le loyer

Qu'vne juste vengeance à ces faicts doit payer:

Il faut tousiours qu'vn Roy punisse ainsi la faute,

Qu'on fait entreprenant sur sa Majesté haute.

Soly. Ie suis tout resolu, je ne suis si remis,
De laisser à mon dam tels forfaicts impunis.
C'est a faire à vn Roy sans cœur & sans courage
De ne se ressentir quand son sceptre on outrage:
Pour moy je ne suis tel, je punis le forfaict,
Et say porter la peine à celuy qui l'a faict.
La iustice tousiours vn braue cœur remarque,
Tousiour elle est l'hôneur d'vn souuerain Monarque.

Rox. En cela vous monstrez vn courage diuin,
Qui comme vn fort lyon assailly d'vn mastin,
Ne vous ébranslez point de ces vaines attaintes,
Ains aux plus grands efforts moins grandes sont
    vos craintes.
Mais quant à moy tousiours la peur me va gesnant,
Et à mon cœur craintif vn grand soing luy donnât.

Soly. Qu'auez vous mon soleil, qui vous fait ainsi
    craindre?

Rox. De vostre Majesté le soucy me fait plaindre.

Solym. Quoy de moy? & pourquoy?

Roxel. Ie prenois vn danger,
Qui vous fera vn jour en misere plonger,
Si d'vn coup preuenant vous ne brisez la teste
Au malheur qui vous vient menassant de tempeste.

Soly. Quel encombre nouueau m'est suruenu encor?

Rox. Ie crain de Mustapha le petit Melidor.

Soly. Et que peut Melidor encontre ma puissance?

Rox. Maintenât il ne peut vous porter de nuisance,

Mais vn jour il pourra pour son pere vanger
Contre vous s'en aller aux Persans se ranger.

Soly. *Ie gouste vos discours, ma Cypris bien-aimee,*
Ie recognois combien vostre ame est enflammee
Du soin de mö bö heur: mais craindroy-je vn enfant?
I'aurois le cœur trop bas, si je l'allois faisant.

Roxel. *Ie sçay fort bien qu'il est vn enfant à ceste*
    heure,
Mais tousiours en cest aage vn enfant ne demeure.
Ainsi du tronc de chesne vn petit rejetton,
Esleue en peu de temps dans le ciel son menton:
Ainsi d'vn grand brazier vne seule scintille
Peut en fort peu de temps consommer vne ville.
Sire, prenez y garde auant que le danger,
Estant venu plus grand, ne se puisse changer.

Soly. *I'y pouruoiray bien tost, ne vous mettez en*
    peine,
Plustot je destruiray ceste ronde machine,
Que je laissasse aucun contre moy s'eslever,
Sans luy faire aussi tost ma rigueur esprouuer.

Roxel. *C'est à vous, Monseigneur, à garder vostre*
    Empire,
Et d'empescher, prudent, qu'on le puisse destruire.

Soly. *Auant que le soleil ait acheué son cours,*
Ie verray ce peril esloigné de ma cour.
Rien ne m'empeschera qu'aujourdhuy je ne face,
Qu'il ait auec son pere vne pareille place:
Mais à qui pourrons nous ceste charge donner?

Rox, *Et tet Hebraïn nous pourra seconder,*

Soly. *Or allons vistement luy commettre la charge,*

Afin que de ce soing bien tost il nous descharge.

CHOEVR.

Est-ce là ma rose pourprine,
Qui du croissant prens origine?
Rose qui d'vn beau teint vermeil
Surpassoit l'esclar du Soleih?

Rose sans espine poignante,
De ce jardin Persien l'honneur,
Qui nous halenoit vne odeur
Plus que le baulme doux-fleurante?

Te voy-je clorre, ô beau boutton!
Rauir l'odeur à ce bas monde?
Qui d'vne tige tref-feconde
Nous promettois vn rejetton?

Belle fleur qui tant arrousee
De diuin nectar & rosee,
Esgalloit les plus beaux tortis
De mille roses & des lys.

Quoy maintenant tu es flestrie?
Ta mort, est mort à la patrie?
O fol qui cherche les appas
D'honneur, qui conduit au trespas!

Fin du quatriesme Acte.

ACTE V.

SCENE PREMIERE.

Achmet seul.

AStres qui esclairez dans le lambry doré
De ce grand firmament de saphirs azuré,
Belles lampes du Ciel, flamboyantes planettes
Qui chassez de vos raiz l'ombre des nuits brunettes,
Et toy pere du jour qui sur ton char ardens
Contemple des humains l'inconstant changement:
O grand Dieu peruquier, & toy Phœbe luisante
Qui decore tousiours la voute brunissante,
Diane au triple nom, s'est il encores faict
Dans ce rond spacieux vn si enorme faict?
Auez vous jamais veu cruauté si detestable?
S'est il jamais cogneu cruauté si damnable?
Ah Roy! mais non pas Roy, ains plustot vn Tyran,
Oses tu donc ainsi tremper dedans ton sang
Ton homicide main? quelle ourse d'Hyrcanie,
Quel tygre si felon de l'austere Scythie,
Quel Lion lerneau a jamais perpetré
Vn semblable forfait, semblable cruauté?
La parole me faut, le poil d'horreur me dresse
Et mon esprit troublé mon triste corps delaisse.
Tant le penser m'affolle, & toy & toy bourreau

Tu te ris d'auoir fait vn exploict si nouueau.
Mais, monstre carnaßier, repais, repais ta rage
Dans le sang innocent d'vn si braue courage,
Bien tost sur toy le Ciel seul juste balanceur
D'vn prodige si grand se monstrera vangeur.
Tu sentiras bien tost sur ta teste descendre
Pour punir ta fureur vn funereux esclandre.
Las! mais ne vois-je pas s'acheminer vers moy
Chamerie & ses fils souspirans leur esmoy?
Ah Dieu! le cœur me fend, je crain que ceste Dame
Ne puisse supporter la douleur de son ame.
Chame. Ah femme infortunee & rêplie de maux!
O sort impitoyable! ô rigoureux assaux!
O fortune cruelle! est-ce ainsi que ta roüe
Du bon heur des humains inconstamment se joüe?
Que feray-je? où iray-je? en quel antre escarté,
Priué du beau Soleil, eloigné de clarté,
Conduiray-je mes pas? ô femme desploree!
Ton ame est à ce coup toute desesperee,
Tout malheur t'enuironne, helas tu sens vn mal!
Vn mal qui n'eust jamais & n'aura point d'esgal.
Achmet. Madame, & que vous sert ceste dure
        complainte,
Domptés ceste douleur dont je vous vois atteinte.
Chame. Et qui pourroit dompter vn si cuisant
        mal-heur,
Las! qui seroit le cœur qui ne fondit en pleur
Entendant le recit de ma triste fortune?

Fortune, que tu m'es à ceste heure importune.

Achm. Voulez vous donc tousiours ainsi vous
    tourmenter.

Cham. Ie veux, ie veux sans cesse & sans fin la-
    menter,

Ie veux faire couler de mes mourantes veines,

Ce qui reste de sang ainsi que des fontaines.

Vous ne sçauriez mes yeux trop de larmes verser,

Vous ne sçauriez par trop mon visage arrouser.

Mon desastre est trop grand, & mon tourment sur-
    passe

Les larmes qui sçauroient tomber dessus ma face.

Ach. Pour Dieu laissés ces cris, le teps modere tout.

Cham. A mes plaintes le temps ne donnera le bout

Qu'auant je ne soi morte, & que la parque fiere

Ne m'ait faict trauerser l'infernale riuiere.

Meli. Et quoy ma mere helas! parlés vo⁹ de mourir?

Cham. Aymés vous mieux mon fils me voir tous-
    jours languir?

Melid. Croiez vous en mourãs auoir quelque liesse?

Cham. La mort me tirera du tourmët qui me blesse.

Tousiours ne puis-je pas apres mon cher mary

Mon espoux voitre Pere estre long temps icy.

Il faut, il faut bien tost qu'aux riues escartees

I'aille entendre le bruit des eaux Acherontees,

Ie veux suiure bien tost voitre Pere au cercueil,

Ie n'ay autre moyen qui termine mon dueil.

Achm. Voudriez vous laisser si belle geniture:

Qui en auroit le soing? qui en prendroit la cure?

Cham. Las! voila ce qui plus faict croistre mon
tourment,

Quitterois-je mon fils mon seul contentement?
Non, mon cœur, je ne peux laisser vostre jeunesse;
Ie vous aime par trop, & vostre gentilesse.
Mais aussi que dira Mustapha mon espous,
Si luy estant là bas je suis aupres de vous?
Il se plaindra de moy ne luy estre fidelle,
Et n'avoir de constance à la sienne pareille:
Il se plaindra de moy d'avoir changé de cœur
Avec l'instable sort trop remply de rigueur.
Et ainsi preste à voir la Charontide nasse,
I'auray ce desplaisir de mourir en disgrace
De mon loyal espoux. Non, non sans plus tarder
Ie veux dans l'Acheron vivante desvaler,
Ie veux, je veux mourir, & est temps que la parque
Me face traverser dedans la triste barque
Du Cocyte ensoufré.

Cleant. Madame, helas pourquoy?
Meurtrissez vous ainsi cest estomach? he quoy
Vous gesnez vous ainsi de meurtrissantes plaintes?
N'avez vous poins de cœur pour dompter ces
estreintes?

Meli. Hé Madame ma mere ayez pitié de moy.

Cham. Ah! Dieu je ne puis plus supporter cest
esmoy,

O que ce doux parler, que ceste voix me blesse!

Clean.

Cleant. *Hé! Madame, pour Dieu, quittez ceste*
   destresse,
Laissez là ces sanglots, vous allez en mourant,
Quant & vous faire cheoir au tôbeau vostre enfant:
Voulez vous donc ainsi estouffer vostre race?
Qu'a fait cest enfançon de si parfaicte grace?
Cham. *Helas, pourray-je bien, pourray-je biẽ, helas!*
Encore ceste fois euiter le trespas?
Mustapha mon amour, pardonne je te prie,
Pardonne moy mon cœur, pardonne à Chamerie,
Si apres ton trespas, apres ton dernier sort
Ie suruis en langueur. je sçay bien que j'ay tort,
Ie te trompe en cela, je ne deurois pas viure
Apres toy vn moment, ains je deurois te suiure.
Mais las! à joinctes mains je t'en requiers pardon.
C'est ton fils qui me tient, ce petit nourrisson,
Que tu as tant aimé, de qui la gentillesse
Te faisoit esperer sa future proüesse.
Ouy vn fils me retient en ce monde odieux,
Et me fait malgré moy voir la lampe des cieux.
Non, non, ne pensez pas, Mustapha, que la vie
Me chatoüille si fort d'vne bruslante enuie:
Non, non, helas! ce m'est vn martyre eternel,
Vne angoisse, vn tourment, vn mal perpetuel:
La mort las! me seroit cent fois plus agreable,
La mort m'est cent fois plus & cent fois desirable.

                    M

Tragedie.

SCENE SECONDE.

Hebraïn, Cham. Cleant. Melid. Achm.

Hebr. MOn Dieu, pourquoy m'as-tu dans ce
bas monde mis
Pour estre à vn forfaict si enorme commis?
Me faut-il obeyr à vn Roy tyrannique,
Ou perdre en refusant sa faueur trop inique?
Encor mon mal est tel dont plus je me complains,
Qu'à tant de cruautez me faut tremper mes mains.
Ach. Qui est ce gentilhomme à si triste visage?
Cham. Ie n'en puis plus desia, ja me fault le courage.
Heb. Le Roy m'a commandé cest enfant massacrer.
Clea. Madame, ce n'est rien, que sert vous lamenter?
Hebr. Pourray-je supporter la plainte maternelle?
Nenny, car seulement le penser me bourrelle,
Si me le faut-il faire, & couurant le dessein,
La tromper & en feindre vn autre plus humain:
La voicy à propos. Dieu vous garde, Madame,
Chassez loing ce regret qui trouble ainsi vostre ame,
Ne soyez en esmoy, donnez fin à vos maux,
Bannissez ces douleurs, terminez ces trauaux
Que vous souffrez sans cesse.
Cham. Ah femme miserable!
Pourrois-tu mettre fin à ce cris lamentable?
Las! non, plustot les cerfs de l'air se repaistront,
Et les poissons flottans sur la terre viuront,
Plustot le blond Phebus delaissera le monde.

Que mon mal je relasche & ma peine seconde,
Ma tristesse ne peut à jamais s'appaiser,
Plus i'en tire des pleurs, & plus j'en veux tirer.

Heb. Ie vous suis enuoyé pour vn heureux message.

Chamer. Mais je crain qu'il ne soit pour vn triste
    presage.

Hebr. Ne le croyés ainsi, le Roy nostre Empereur
Accablé de regret de la grande rigueur
Qu'il a fait ressentir à son fils Mustapha,
Vostre loyal espoux, se prepare desia
De prendre pour jamais de vostre enfant la cure.

Cha. O trop pippeux rapport! o langue trop parjure!
Oses tu impudent, d'vn propos mensonger
Voiler ainsi ton crime? ah bourreau! ah meurtrier!
Tu veux donc imposteur, d'vn perfide langage,
L'innocence liurer à la felonne rage
D'vn brutal ennemy?

Cleante. Madame gardés vous,
En luy parlant ainsi d'irriter son courrous.

Cham. Ie ne redoute point ny luy, ny sa colere.

Heb. Laissés vn peu à part la douleur qui vous serre,
Et d'vn esprit plus sain, exempt de passion,
Appliqués ce remede à vostre affliction.
Pensés vous que je sois d'vne ame si perfide,
Que je vous vueille oster d'vne main parricide
Vostre enfant de vos bras? non, non, je n'ay le cœur
D'vn rocher endurcy, ny des ours la rigueur.
Madame, n'ayés peur, vous deuriez estre en joye,

De voir que nostre Roy sa clemence desploye;
Ie ne vien point pour mal, je vien pour vn bon-heur,
Tout bien je vous apporte, & non quelque malheur.

Cha. Ah! je croiray plustot qu'vne brebis peureuse
Chasse des fiers lyons la bande genereuse,
Et qu'vn tygre felon change son naturel,
Qu'vn tyran soit épris d'vn amour paternel.

Hebr. La grandeur de vos maux vous pousse à ce
langage.

Cha. La grãdeur de mes maux me fait estre plus sage.

Hebr. Mais pourquoy allés vous ainsi vous desfiãt?

Cha. I'ay crainte que mõ fils vous n'alliés massacrãt.

Hebraïn. Vostre fils, hé pourquoy?

Cham. Craignant que son courage
Ne vange quelque iour vn si enorme outrage.

Heb. Que peut vn si grãd Roy d'vn enfãt redouter?
Madame aduisés donc si le voulés donner.

Achm. Certes pour moy ie croy qu'il n'y a point de
feincte,
Que ses propos sont vrais, & sa promesse saincte:
Car qui le peut contraindre vser de ces discours
Pour vous tromper ainsi? ne peut-il pas tousiours
Vostre fils vous oster auec la seule force?
Il ne faut pour ce faire vne meilleure amorce,
Qui pourroit l'empescher?

Cham. Achmet mon grand amy,
Puis qu'il vous semble bon, il me le semble aussi;
Ie cognoy vostre cœur, vostre grande prudence,

Vous ne voudriés pas en chose d'importance
Vous monstrer desloyal?

Achm. Vous ne deués douter

D'vn qui voudroit pour vous au tombeau deualler.

Cham. Or sus doncques Monsieur, mon fils ie vous
   commande,

Prenés-en tel soucy que la raison demande,
Seruès luy de bon pere, & que mesme vertu
Dont ie vous recognoy grandement reuestu,
Luy serue de miroir, sa gaillarde jeunesse
Desia fait esclater l'honneur de sa noblesse.

Hebr. Madame il m'est assez de soy recommandé,
Et qui plus est encor le Roy me l'a mandé,
N'en ayez plus de soing, il est en asseurance.

Cham. Ca dõc mon petit cœur, ça dõc mon esperãce,
Approchez vous de moy mon soulas, mon support,
Et de tous mes trauaux l'vnique reconfort:
Pourquoy reculez vous? auez vo° quelque crainte?
Qui vous saisit le cœur & tient vostre ame atteinte?

Me. Me voulez vo° ma mere, éloigner de vos yeux?

Cham. Mon fils, le Roy le veut, & puis vous serez
   mieux,

Ne vous estonnez point.

Mel. Ma mere, je vous prie,
Laissez moy prés de vous acheuer de ma vie
Le miserable cours.

Hebr. Hé mon mignon! pourquoy
Refusez vous ainsi demeurer auec moy?

Chame. *Pour le moins vous aurés vn gouuerneur*
    bien sage,
Qui de toute vertu accomplira vostre aage,
Imitez-le tousiours, que tousiours son conseil
Deuance vos desseins : son aduis nompareil
Vous rendra quelque jour semblable à vostre pere,
En vaillance semblable, & non pas en misere.
Or à Dieu mon amour, à Dieu mon cher soucy,
A Dieu mon seul espoir, j'ay tout le cœur transy,
A peine puis-je plus tirer vn peu d'haleine
Du fond de mes poulmons, du creux de ma poitrine,
En vous disant à Dieu, donnés moy vn baiser
Pour vn peu de mon mal la grandeur appaiser:
Ca que je vous accolle, & que je vous embrasse,
De long temps vous n'aurez vn baiser de ma face,
Et peut estre jamais, à Dieu vne autre fois.
Mel. *Ma mere!*
Hebr. *Il n'est besoin de ces dolentes voix,*
Il vous conuient mourir, prenés en patience
La mort qui vient couper le fil de vostre enfance.
Mel. *Mourir! ah desloyal, ah parjure affronteur!*
Sont-ce là les propos de ton perfide cœur?
Tu masques ton forfait, tu couures ta malice
D'vn discours mensonger pour perpetrer ton vice:
Dis moy, bourreau, dis moy, qu'a fait ce petit corps
Pour ainsi l'enuoyer au riuage des morts?
Heb. *Ie desireroy fort, mon fils, vous satisfaire,*
Vous sauuant de la mort, mais je ne le puis faire,

Le Roy me le commande, & me fera mourir,
Si je n'ay promptement acheué son desir.
Mel. Il n'a donc pas encor rassasié sa rage,
L'inhumain carnassier du sang de son lignage.
Heb. Ie ne peux auec vous plus long temps côtester.
Mel. Ie ne demande point du trespas m'exempter,
Non, non, & que crains tu? tu n'auras peine aucune
A rejetter, cruel, ma priere importune;
Ie veux, ie veux mourir, il me tarde renuoir
Mon pere qui m'attend dans le triste manoir.
Heb. O Dieu! que i'ay de mal, que de peine i'endure?
Meurtriray-je vn enfant de si noble nature?
Mel. Belle lampe du ciel, qui galoppes tousiours
Par ce rond spacieux, cher flambeau de nos iours,
Tu vois, tu vois, helas! faisant ta course ronde,
Le desastre cuisant qui sur ma teste tombe;
Tu cognois beau soleil, mon innocent trespas,
Adieu donc pour iamais, adieu bel astre. helas!
Car dãs ce gouffre affreux, car dãs ce pleureux antre,
Mon seiour eternel, iamais ta clarté n'entre.
Adieu ma chere mere, excusés vostre enfant,
Si premier que mourir, il ne vous va baisant.
Las helas! vn baiser venant de vostre face,
Me feroit doucement entrer dedans la nasse
Du vieillard nautonnier, mais las! ie ne le puis,
Et puis le receuant vous auriés trop d'ennuis.
Hebr. Ie tremble, ie fremis, si faut-il me côtraindre,
Il me faut rasseurer, il n'est pas temps de craindre.

Mel. *Mõ pere, prenés moy, prenés moy prés de vous,*
Prés de vous les enfers me feront les plus dous,
I'y defcend fort ioyeux, puis que dans ce lieu fombre
Ie vay aupres de vous appaifer mon encombre:
Or frappe quand tu veux.

Proteg. *O Dieu, las qu'eft-ce icy!*
Quel fpectacle inhumain! d'où peut venir cecy
Maffacrer vn enfant? il faut fans plus attendre,
Chamerie aduertir d'vn fi funefte efclandre.

Heb. *C'eft tout vn, il eft mort, l'affaire eft accõply,*
Apres vn long debat i'ay le pas affranchy;
L'euffe-je peu fauuer de ces prochains encombres?
Toufiours luy falloit-il defcendre aux pafles ombres.
L'Empereur l'a voulu; qu'il foit bien ou mal faict,
Il ne peut deformais qu'il ne demeure faict.

SCENE TROISIESME.
Cham. Prot. Cleant.

Cham. AH! *mefchant homicide, ah! traiftre*
abominable!
Te voicy donc encor meurtrier execrable,
Ca que je te defpiece, à l'aide mes amis,
Ne laiffons, ne laiffons ce forfaits impunis.
Ah! Ciel injufte ciel, vois tu ce malefice
Sans jetter tout foudain l'efclat de ta juftice?
Pourquoy ne lafches tu fur les defloyautez
De ces loups enragez confits en cruautez
Tes foudres rougiffans? pourquoy maintenant ceffe,
Oifiue

Oisiue & sans effect ton ire vengeresse,
Tonnez cieux, esclairez, brisez tout, foudroyez,
Renuersez ces meschans: abismez abismez
Leur execrables chefs! ô terre mal-heureuse.
Engouffre, engouffre les dans ta cauerne creuse,
Engloutit les viuants dans tes gouffres affreux,
Enfonce, enfonce les dans ton sein tenebreux.
Ah las! je n'en puis plus souftenés moy.

Cleant. Madame.

Cham. Ah las!

Cleant. Pourquoy ainsi affligez vous vostre ame?

Cham. Le cœur helas me faut.

Cleant. Pour Dieu laissé ce deuil.

Cham. Ie veux je veux courrir vistement au cercueil.

Prot. Madame, ayez vn peu ce jourd'huy de constance,
Contre le sort cruel monstrés vostre puissance.

Cham. Helas! & qui pourroit tel malheur endurer!

Prot. C'est alors qu'il nous faut de côstance auiuer.

Cham. De constance, & comment?

Cleant. Madame, je vous prie
Ne laissés pas esteindre en langueur vostre vie.

Cham. Quoy que je viue encor apres toy, mon
espoux?
Que je survine encor mon enfant apres vous?
Ah! mon cher Melidor, en qui j'auois, dolente,
Remis tout mon espoir & toute mon attente.

Vous voila donc aussi traistrement massacré,
Vous deualés bien jeune au fleuue Acheronté.
Et quoy, falloit-il donc que ceste destinee
De tant de nos mal-heurs non encore saoulee,
Coupasse de vos jours le tendret peloton
Pour nous rauir de moy mon ame, mon mignon?
Ne luy suffisoit il de meurtrir vostre pere,
Sans vous occir aussi? tost apres vostre mere
Qui ne tardera guere à vous accompagner.
Ie veux à ceste fois, je veux, je veux payer
Le peage a Charon pour passer la riuiere
Du Cocyte pleureux, esloigné de lumiere;
Mais n'est-ce pas icy ce poignard meurtrissant
Qui a dans vous trempé son acier flamboyant?
Ce ne luy est assés d'entamer le cœur tendre,
Il faut du mesme faict ma poitrine aussi fendre.

Cleant. O Ciel que dictes vous, que dites vous ô
       Dieux,
Vous vous voulés meurtrir?
Cham. Que puis-je faire mieux?
Il y a ja long temps que ma mourante vie
Ie deuois à Pluton consacrer pour hostie.
Prot. Ie n'endureray point que vous faciez mourir,
Laissés là ce poignard.
Cleant. Laissés là ce desir
D'auancer vostre jour & vostre heure supreme.
Cham. Voulés vous m'empescher de ce bon heur
      extreme:

Vien acier defiré, vien dans moy te tremper
Et me fais viftement chez Pluton deuller.
Pourquoy tarde-je tant? o femme trop craintiue!
Pourquoy ne fends tu pas ta poitrine chetifue?
Cleant. Et que voulés vous faire?
Cham. En vain vous m'empefchez.
Ma mort eft refoluë, en vain vous me tenez:
Ie mourray, il eft temps, ja la parque m'appelle:
Entre donc dans mon fein jufques à la pommelle,
Entre glaiue, entre. ah Dieu! je meurs à cefte fois,
Me voila deliuré du tourment que j'auois.
Cleant. Ah las! la voila morte, helas pauure Prin-
    ceffe!
Tu meurs, tu meurs helas! apres tant de trifteffe,
Apres tant de trauaux, tu meurs entre mes bras,
Et malgré nos efforts tu te force au trefpas.
O trois & quatre fois Cleante miferable
Tu vis encor & vois ce malheur defplorable.
Prot. O maifon defolee! ô chetifue maifon!
O fort trop rigoureux! maudite ambition
Que tu trame des maux! c'eft toy mefchante pefte
Qui comble ce logis d'un malheur fi funefte,
N'aguere on le voyoit en tout bien profperer,
N'aguere on le voyoit de bon heur triompher:
Mais depuis que tu t'es emparé d'vne femme,
D'vne femme à jamais de tant de maux infâme,
Ouy depuis que tu as verfé dedans fon cœur
Ton venin, ta poifon, ô eftrange mal-heur!

Voila de toute part vn violent orage,
Qui l'abbat & luy faict faire vn triste naufrage.
O fol qui trop se fie aux grandeurs d'icy bas,
Malheureux qui se fie à ses trompeurs appas!
Mais que seruent ces cris? que nous seruent ces larmes?
Que seruent des sanglots, les inutiles larmes?
Pensons nous par ces pleurs les enfers esmouuoir,
A rauiner ces corps, ce n'est nostre pouuoir.
Il faut sans plus tarder que nostre sang procure
De les mettre en repos dans quelque sepulture.
Cleant. Mōsieur cela est vray, mais je ne puis helas
Tandu que je viuray donner aucun soulas
A mon dueil continu, mes angoisses cruelles
Se baigneront sans cesse aux larmes eternelles:
Princesse, beau soleil, dont les viues clartez
Retenoient languissans les humains arrestez,
Beau corps que Cupidon animoit de sa grace,
Et qui de rose auoit orné ta belle face:
Beau front, sur qui l'amour sa retraicte faisoit,
Beaux yeux dont le rayon si doucement brilloit,
Helas! n'auez vous plus la beauté naturelle?
Vous n'estes plus, helas! en beauté toute belle,
Vous n'estes plus qu'vn tronc sur la terre gisant,
Qui bien tost dans son sein s'en ira pourrissant.
Mais las! pourray-je bien cest office vous rendre?
Pourray-je bien encor ce deuoir entreprendre?
Il m'y faut efforcer, craignant que pour tombeaux
Vous n'ayez que les champs & les goulus corbeaux.

Ça donc, Monſieur aidés, aidés moy, je vous prie,
Faiſons encor ceſt œuure en noſtre pauure vie.

SCENE QVATRIESME.
Soly. Proteg. Zeanger. Bod. Rox. Bag.

Sol. QVi ſont ceux que je voy là bas ſe retiver?
Ne les entëd-je pas à longs traits ſouſpirer?
Que portent-ils? allez, je le veux toſt apprendre,
Allez page.
Page. Ie vay, Siꝛ, leur faire entendre.
Meſſieurs, le Roy vous mandᵉ, & veut ſans plus
        tarder,
Que vous acheminiez auec moy luy parler.
Proteger. Le Roy, & que veut-il?
Page. Ie ne ſçay ceſte affaire,
Ie ne ſçay ce qu'il a deliberé de faire;
Allons viſtes.
Proteg. Allons, je ſuis preſt à marcher.
Sol. Et bië, & qui vous fait tät de ſanglóts laſcher?
Qui vous cauſe ces pleurs? d'où vient ceſte triſteſſe,
Qui vous geſne le cœur & tellemët vous preſſe?
Sus toſt dites le moy, car je le veux ſçauoir.
Prot. Ah! terre englouty moy däs le ſombre manoir,
Helas, la voix me faut, & tant plus je m'eſſaye
A le vouloir comter, de tant plus je begaye:
Ne me ſuffiſoit-il d'auoir veu ces malheurs,
Sans raffraiſchir encor mes cuiſantes douleurs?
Rox, Sus toſt depeſche toy de contraindre ta bouche

A faire le recit du malheur qui te touche,
Autrement.

Prot. *Hé Madame! appaisés ce courrous,*
Ie m'en vay vistement vous le conter à tous,
Le petit Melidor vient de perdre la vie,
Et encor (ô regret!) la pauure Chamerie.

Soly. *Chamerie est donc morte: hé pourquoy?*

Prot. *Las, helas!*
Elle a de son enfant voulu suiure le pas,
Ne pouuant supporter, la miserable femme,
Plus long temps en langueur le tourment de son ame.

Soly. *Est-ce là le subjet qui bourelle vos cœurs?*

Prot. *Voila le seul subjet de nos tristes douleurs.*

Solym. *Allés, retirés vous, de ce je me contente.*

Prot. *Certes j'auoy bien peur de voir la mort presète.*

Soly. *Or en fin je respire au milieu du bon heur,*
Ie suis en bien parfaict, & parfaict en grandeur,
Ie ne redoute rien, j'ay aboly la race
De celuy qui vouloit d'une impudente audace,
Ensemble ma couronne & ma vie arracher.
Hé! qui osera plus contre moy s'approcher?
Ma mignonne, mon cœur, dont la taille celeste
Surpasse de Cypris le maintien & le geste:
O comble de mon heur! jouyssons, mon soleil,
Du bien que nous despart le fauorable ciel,
Iouyssons maintenant du bon-heur de fortune,
Qui se monstre à nos jours tellement opportune.

Rox. *O qu'aise je me sens, mon Prince, mõ Seigneur,*

De voir que des grands Dieux la divine faueur
Si tendrement vous aime, & d'vn soing paternelle
Contre vos ennemis soustient vostre querelle.
Ce traistre Mustapha, cest enfant desloyal
Pensoit bien esclater dans ce throsne Royal,
Il pensoit bien, ingrat, vous oster la couronne,
Mais le ciel son forfaict du salaire gr rdonne.

Bod. C'est ainsi qu'il vous faut les offenses punir,
Si vous voulez long temps vos peuples m untenir;
Il vous faut, Monseigneur, rendre ainsi redoutable,
Qui est lent à punir, il se rend mesprisable.

Soly. Pour moy je veux au mal le supplice donner,
Comme aussi par bienfaicts les vertus animer,
Afin qu'on soit au bien incité par salaire,
Et aussi par supplice empesché de mesfaire:
Mais voy-je pas icy mon petit Zeangir?
C'est luy certe, il ne peut plus à propos venir.
Hé bien mon petit cœur, hé bien ma douce femme!
Que faites vous seulet, où allez vous mon ame?

Zean. Mon pere y a long temps q'vn extreme desir
Me brusle de vous voir.

Solym. O que j'ay de plaisir!
O que je suis joyeux! que j'ay grande liesse
De vous voir en ce lieu si remply d'allegresse!
Mon fils, mon seul support, de qui les ans guerriers
Nous font ja esperer tant & tant de lauriers:
Vivez mon grand mignon, & re nplissez la terre
De vos faicts genereux, foudroyez a la guerre,

Pagination incorrecte — date incorrecte

NF Z 43-120-12

Que la mer de vos los n'ait ny riue ny fond,
Et tonſiours qu'vn laurier couronne voſtre front.
Zea. Mon pere, ie vous veux en toute choſe plaire,
Ie veux tonſiours paroiſtre enuers vous debonnaire;
Que voſtre volonté commande à mon vculoir,
Ie conſacre à vos pieds ce que j'ay de pouuoir.
Soly. C'eſt parler cōme il faut,ainſi,ainſi doit faire
Vn enfant tout Royal,ainſi doit-il complaire
Au vouloir de ſon pere, & certes ce deſir
Qui pouſſe voſtre cœur me donne grand plaiſir.
Sala. Sire vn enfant tonſiours reſſent ſa nourriture,
Eſtant Royal il a la Royale nature,
Et qui a jamais veu vn lyon courageux
Dedans ſes flancs porter quelque lieure peureux?
Qoi a veu jamais l'aigle vn doux pigeon produire?
Soly. Mon fils,à vos vertus ie reſerue l'Empire,
Autre que vous ne peut ma couronne eſperer,
Vous pouuez de cecy ſur moy vous aſſeurer.
Mais ne voulez vous pas aller voir voſtre frere?
Qui reuient tout chargé de deſpouille de guerre?
Dites voulez vous pas luy aller au deuant?
Voulez pas l'aller receuoir triomphant?
Zea. Quoy Muſtapha mon frrere?a-il encor ſa gloire
Accreu puis peu de temps de nouuelle victoire?
O que i'ay d'aiſe au cœur,ie ne le puis porter,
Tant ie me ſens de ioye hors de moy tranſporter:
Mon pere ie m'en vay ſans tarder dauantage,
Mon frere receuoir en Royal eſquipage.

Soly.

Zea. *Veus tu donc m'empefcher de mourir.*

Bag. *Hé Monfieur, hé pour Dieu laiffés là ce defir.*

Zea. *Ne t'approche plus prés: va porter la nouuelle*
Que ma mort eft compagne à la mort fraternelle.

Bag. *Ah malheur! ah douleur! il a dedans fon fein*
Trempé jufqu'au pompeau ceft acier inhumain,
Ia la mort a terny le beau tein de fa face,
Il ne refpire plus, fon corps n'eft qu'vne glace
Sa vie eft toute efteinte & fon efprit dolent
Eft ores dans le creux de l'enfer gemiffant.
Helas! hé que dira la Reyne voftre mere?
Las! helas que dira Solyman voftre pere?
Que diront vos amis que diront-ils alors,
Qu'ils fçauront que vous eftes aux Cocytiques bors?
Mais n'entrevois-je pas Roxelane efploree?
Auroit-elle ja ouy la mort inopinee
De fon fils Zeangir?

Rox. *Quel clameur effroyant*
Entend-je bruire icy, & me trouble en l'oyant.

Bag. *Las elle ne pourra porter cefte aduenture*
Si ne la puis-je tarre, ores quelle foit dure.

Rox. *Hé qui vous fait jetter ces lamentables cris,*
D'où vous viennent ces pleurs, d'où viennent ces
    ennuis
Pourquoy lamentez vous.

Bag. *Madame, helas je n'ofe*
Ie n'ofe vous conter fi defplorable chofe.

Rox. *Dites moy, qui a-il?*

Bag. *Helas! voila celuy*

Qui cause ma douleur mon lamentable cry,

Approchez vn petit regardez son visage.

Rox. *Ah! qu'est-ce que ie voi? quel horrible car-*

    nage?

Quoy! c'est donc toy mon fils? c'est donc toy mon bel

    œil?

Helas, hé qui i'a faict eclipser mon soleil

Au milieu de ta course? ah qui est le perfide?

Bag. *Il s'est meurtry soy-mesme & de son sang hu-*

    mide

A trempé son poignard, ayant de son germain

Recognu deuant soy le carnage inhumain.

Rox. *Ah! puis-ie veoir encor la clarté journaliere?*

Te puis-je veoir encor, ô celeste lumiere?

Puis-je encor, puis-je encor les campagnes fouler,

Que Ceres embellit? puis-je encor respirer

Meschante que ie suis? engeance de vipere?

Homicide cruelle, execrable Megere?

Bag. *Elle s'en va troublee & boüillante d'horreur,*

Ainsi qu'vne autre Agaue esprise de fureur,

Quand de son fils Panthé furieuse homicide,

Elle arrousa de sang le chœur Aëdonide.

Ali. *Ie crain fort qu'elle s'aille outrepercer d'vn fer,*

Ou qu'elle aille plustot d'vn licol s'estouffer,

Il faudroit vistement au Roy le faire entendre.

Baga. *Ie m'y en vay soudain, sans plus long temps*

    attendre;

Mais le voicy.

Soly. *Mon fils est-il point de retour?*

Bag. *Helas il a quitté ce terrestre sejour!*

Soly. *Quoy! mon fils est-il mort?*

Bag. *Le trespas de son frere*
A esté le subjet de sa fortune amere:
Mais ce n'est tout encor, les malheurs à foison
Viennent de toutes parts troubler vostre maison.

Soly. *Qui a-il de nouueau?*

Bag. *La Reine escheuelee,*
Toute bouffante d'ire, & de rage enflammee
Est sorty' vistement, certe il y a danger
Que la grande douleur la force à s'outrager.

Soly. *O terre, ô ciel, ô mer, ô gouffres homicides,*
O enfers, ô enfers de cruautez auides!
O rages! ô demons, implacables fureurs!
O dires, qui comblez tout ce monde d'horreurs,
Thisiphone, Alecton, execrables bourrelles,
Venez, courez, volez rauager en mes moüelles,
Eslancez sur mon chef vos serpens renoüez,
Ardez moy de vos feux, & de vos rouges foüetz,
Battez moy dos & ventre, appliquez sur ma teste
Ce que dans l'Acheron de torture vous reste;
Faites moy le tourment de Tantale endurer;
Faites moy le rocher de Sysiphe porter;
Que le vautour glouton becquette ma poitrine;
Vous ne sçauriez asses verser sur moy de peine:
Barbare que je suis, j'ay commis vn forfaict,

Dont l'enfer a horreur, j'ay mes enfans desfaict,
J'ay massacré mon sang pour croire, ô chose infame!
Aux propos mensongers de ma parjure femme.
Ah pauure infortuné! pauure Roy que je suis!
O que je suis comblé de tourmens & d'ennuis!
Mon Zeangir est mort! ah meschant detestable?
C'est par moy qu'il reçoit ce trespas execrable;
Par moy son frere est mort, par moy son Melidor,
Par moy sa Chamerie, & Zeangir encor.
Ainsi de tant de morts moy seul je suis coulpable,
Aussi de tant des maux je suis seul punissable.
Mais las que fais-je icy! dois-je encor auoir peur
De lauer ces sorfaicts dans ma rouge liqueur?
Crain-je encor de mourir? sus, sus sans plus attendre,
Despechons nous d'aller au Cocyte descendre.
Non je ne veux mourir, non, non, il ne faut pas
Tant de maux expier par vn simple trespas;
Non je ne veux mourir, je veux, je veux suruiure,
Et par vn long tourment mes cruautez poursuiure.
Loing de moy cest habit, loing ce sceptre chetif,
Loing ce bandeau Royal, ce bandeau deceptif;
Vn Ocean n'est tant agité de tempestes,
Que d'encombres diuers sont les Royalles testes;
La fortune tousiours leur bon heur va plassant,
Sur vn roc esleué qui tombe au premier vent,
Arriere ces grandeurs, ô fortune trompeuse
Tu t'as monstré par toy enuers moy rigoureuse!
Aussi je te delaisse & pour dernier adieu

Soly. *Allez, & que bien toſt vous ſoyez de retour.*

Zca. *Nous vous viēdrōs renoir apres peu de ſejour.*

O Dieu que voy-je icy ! quelqu'horrible carnage

Paroiſt deuant mes yeux, & m'abbat le courage:

O ſpectacle inhumain! mon poil ſe va dreſſant,

Et mon ſang tout glacé va mon cœur eſtouffant.

Si me faut-il ſçauoir auant que paſſer outre

Qui ſont ces morts icy giſants deſſus la poudre.

Ah! ne vous vou-je pas mon petit Melidor?

Vou-je pas voſtre pere & voſtre mere encor.

Ah! c'eſt donc vous mon frere ? ah! Dieu qui eſt le
        traiſtre

Qui a dans voſtre ſang oſé ſa rage paiſtre?

Qui eſt ceſt inhumain? ceſt infame meurtrier?

Où eſt-il le bourreau, le felon carnaſſier?

Il faut, il faut en fin que mes mains violentes

Arrachent de ſon corps ſes entrailles puantes.

Il faut que je l'eſgorge, & d'vn glaiue vengeur

Contre ceſt enragé ; appaiſe ma rancueur.

Ie veux, je veux venger vn fait ſi deteſtable.

Ah mon frere! ah mon frere! ah pauure miſerable!

Pauure homme helas! faut-il que le ſort inhumain

Te rauiſſe ſans moy d'vne homicide main?

Eſt-ce la le triomphe? eſt-ce là le trophee?

Eſt-ce la recompenſe à tes faicts preparee?

Baga. *Monſieur, je vien icy*

Pour vous prier chaſſer ce langoureux ſoucy,

Ne vous eſtonnés point de veoir ces miſerables,

Le Roy les a puny pour estre punissables:
Pour vous que vous chaut-il?
Zean. *Retire toy meschant.*
Ou bien je t'enuoieray dans l'enfer paslisant
Ce langage conter, ô Dieu quelle manie
Son esprit furieux cruellement manie!
Baga. *Que feray-je, je crain qu'auecque ce poignard*
Il n'aille outreperçant son cœur de part en part.
Zean. *Ah Tyran detestable! as tu eu le courage*
De rauir tes enfans pour en faire vn carnage.
Ah monstre abominable! ah prodige inhumain:
Vn tygre plus que toy porte le cœur humain,
Esgorger tes enfans ? massacrer ta semence?
Sont-ce là les guerdons de sa noble vaillance?
Vien boureau, vien brutal, carnassier, massacreur,
Vien encor de mon sang enyurer ta fureur,
Tu n'as assés forfait, il faut que tu desgorge:
Sur Zeangir encor le venin de ta gorge,
Assomme, assomme moy, que si ce n'est assez,
Prend du Cocyte affreux les tourmens amassez,
Et puis me les applique: en grande patience,
Tu me voiras porter toute sorte d'outrance.
Bag. *Bõ Dieu par quel moyen oseray-je approcher*
Zean. *Ça ça je veux mourir, je veux, je veux*
     cher,
Apres toy mon germain, mon frere c'est trop viure
Souz ce felon tyran: je veux, je veux te suiure.
Bag. *Hé Honsieur.*

I'emporte des regrets dans vn f
Lieu qui me seruira de Royale demeure,
Où sans fin mes forfaits, mes cruautez je pleure,
Là pour chambres j'auray les rochers tenebreux,
Pour cabinet i'auray les antres plus affreux.
Les ombres pour tapis, pour mon chalit la terre,
I'auray pour compagnon quelque ourse bocagere,
Qui en fin me viendra dans son ventre engloutir,
Et pour venger mon crime en piece me partir:
A Dieu, Soleil, à Dieu, las! ie suis trop coulpable
Pour regarder encor ta beauté desirable.

F I N.

www.ingramcontent.com/pod-product-compliance
Lightning Source LLC
Chambersburg PA
CBHW060827250626
47162CB00005B/1974